PRAGMATISMO
E POLÍTICA

Richard Rorty

PRAGMATISMO E POLÍTICA

Tradução e introdução
PAULO GHIRALDELLI JR.

Revisão da tradução
ADRIANA DE OLIVEIRA

Os artigos que compõem esta obra foram publicados originalmente em inglês.
Trotsky and the wild orchids. *Common Knowledge*, v. 1, n. 3, pp. 140-53.
Copyright © 1992, Richard Rorty.
The end of leninism and history as comic frame. Em Melzer, Arthur M.; Weinberger, Jerry; Zinman, M. Richard (eds.). *History and the idea of progress*. Cornell University Press, pp. 211-26.
Copyright © 1995, Cornell University. Used by permission of the publisher, Cornell University Press.
The end of leninism, Havel, and social hope. Em Rorty, Richard.
Truth and progress – philosophical papers, v. 3, pp. 228-43.
Copyright © 1998, Cambridge University Press. The title of the article used by permission of the publisher, Cambridge University Press.
A pragmatist view of rationality and cultural difference. *Philosophy East & West*, v. 42, n. 4, pp. 581-96.
Copyright © 1992, Richard Rorty.
Justice as a larger loyalty. Em Bontekoe, Ronald; Stepaniants, Marietta. *Justice and democracy: cross-cultural perspectives*. University of Hawaii Press, pp. 9-22.
Copyright © 1997, University of Hawaii Press.
Philosophy and the future. Em Herman J., Jr. Saatkamp. *Rorty & pragmatism – the philosopher responds to his critics*. Vanderbilt University Press, pp. 197-206.
Copyright © 1995, Vanderbilt University Press
Copyright © 2005, Livraria Martins Fontes Editora Ltda., São Paulo, para a presente edição.

1ª edição
agosto de 2005

Tradução e introdução
Paulo Ghiraldelli Jr.

Revisão da tradução
Adriana de Oliveira
Preparação
Thelma Babaoka
Revisão
Beatriz Rocha García
Tereza Gouveia
Produção gráfica
Geraldo Alves
Paginação/Fotolitos
Studio 3 Desenvolvimento Editorial
Impressão e acabamento
Yangraf

Dados Internacionais de Catalogação na Publicação (CIP)
(Câmara Brasileira do Livro, SP, Brasil)

Rorty, Richard
Pragmatismo e política / Richard Rorty ; tradução e introdução Paulo Ghiraldelli Jr. ; revisão da tradução Adriana de Oliveira. – São Paulo : Martins, 2005. – (Coleção Dialética)

Bibliografia.
ISBN 85-99102-17-6

1. Filosofia moderna – Século 20 2. Política 3. Pragmatismo 4. Rorty, Richard, 1931- – Visão política e social I. Ghiraldelli Jr., Paulo. II. Título. III. Série.

05-5567   CDD-320.01

Índices para catálogo sistemático:
1. Rorty, Richard : Reflexão política   320.01

Todos os direitos desta edição para o Brasil reservados à
Livraria Martins Fontes Editora Ltda. *para o selo **Martins**.*
Rua Conselheiro Ramalho, 330 01325-000 São Paulo SP Brasil
Tel. (11) 3241.3677 Fax (11) 3115.1072
e-mail: info@martinseditora.com.br http://www.martinseditora.com.br

Sumário

Introdução, *Paulo Ghiraldelli Jr.* 7

Prefácio 25

Trotsky e as orquídeas selvagens 29

O fim do leninismo, Havel e esperança social 53

Racionalidade e diferença cultural em uma perspectiva pragmatista 77

Justiça como lealdade ampliada 101

A filosofia e o futuro 123

Introdução

Uma nova agenda para a filosofia

I

Richard Rorty tem sido considerado o inimigo número 1 daquele personagem que ostenta a 'carteirinha' de filósofo profissional, o filósofo encravado em uma cátedra acadêmica e guardião de posições tradicionais[1]. Aos olhos desse tipo de filósofo, o projeto de Rorty é antes um abuso antifilosófico do que uma tentativa de promover a reforma da filosofia. Tal personagem, o filósofo profissional, sente-se ofendido, pois Rorty quer se livrar do que identifica como um desejo de sua infância e juventude: reunir *verdade* e *justiça* em uma visão unitária – reunião que é a tarefa da filosofia como o platonismo a formulou[2].

Resumindo ao máximo, a doutrina geral da discussão metafilosófica[3] de Rorty pode ser posta da seguinte forma: o filósofo que acredita ser capaz de definir a Verdade e estar em contato íntimo com Ela (mais do que identificá-la ou saber sobre sua natureza) não raro tam-

---

1. A caracterização do 'filósofo profissional' por Rorty está, entre outros textos, no ensaio 'A filosofia e o futuro', presente neste volume.
2. Cf. ensaio autobiográfico de Rorty, 'Trotsky e as orquídeas selvagens', publicado neste volume.
3. Denomino aqui o projeto de Rorty de metafilosófico uma vez que, quanto aos ensaios publicados neste volume, a ênfase do filósofo é antes sobre o que fazer com a filosofia do que a respeito de temas tratados pela filosofia pragmatista, ainda que, em determinado momento, também isso venha a ser mostrado.

bém acredita estar legitimado a ditar normas de Justiça para a Cidade, e, então, esquece-se com certa facilidade dos inúmeros exemplos históricos relatando o quanto essa suposta legitimidade se transformou em um falso direito de solicitar sacrifícios de companheiros e penas capitais para adversários – o que redundou em pura injustiça[4].

Rorty segue a filosofia contemporânea na sua tendência de desinflacionar a noção de Verdade. Ele solapa o projeto daqueles filósofos que, desconsiderando a passagem de Nietzsche pela história da filosofia, ainda estão obcecados pela 'vontade de verdade'. Não que a verdade não exista, pois isso seria uma afirmação paradoxal e, até mesmo, tola; o que Rorty diz é que a questão da 'natureza da verdade' é dispensável. Além disso, ele tenta desatar a articulação pretensamente imediata entre conhecimento – 'crença verdadeira bem justificada' – e o (suposto) direito de lutar por justiça ou mesmo de implementar a justiça social segundo regras ditadas, quaisquer que sejam. Tal desarticulação faz parte de seu projeto contrário ao fundacionalismo. A filosofia, para Rorty, não tem mais razão de se circunscrever à atividade de encontrar fundamentos últimos ou primeiros, de caráter metafísico e/ou epistemológico, para toda a cultura, para toda a ação humana.

Vou expor em linhas gerais o antifundacionalismo de Rorty como motivo para a reforma ou reconstrução ou, enfim, em termos propriamente rortianos, a redescrição da filosofia. Além disso, falarei brevemente sobre como Rorty acredita que se possa efetivar as mudanças que quer levar adiante na filosofia, isto é, o que deveria conduzir os intelectuais dos dias de hoje e, em especial, o próprio filósofo, no sentido de cumprir o que era o objetivo da filosofia segundo Hegel, a saber: 'apreender seu tempo em pensamento'[5]. Nesse caso, apontarei as estratégias de redescrição sugeridas e usadas por Rorty.

---

4. Cf. 'O fim do leninismo, Havel e esperança social', publicado neste volume.
5. Nos ensaios reunidos neste volume, Rorty defende esta concepção de filosofia mais de uma vez. Nesse sentido, o pragmatismo, como já era o caso de Dewey, é devedor de uma leitura de Hegel.

Introdução _____ 9

II

Em 1920, Dewey escreveu um livro denominado *A filosofia em reconstrução*[6]. Dewey imaginava ser necessária uma modificação na filosofia exatamente pelo fato de o mundo ter passado por três revoluções – científica, política e industrial[7]. A filosofia deveria considerar tais acontecimentos para seu autotransplante de órgãos viscerais. *Mutatis mutandis*, o espírito de Rorty é exatamente o mesmo de Dewey: acredita ser necessário redirecionar a missão da filosofia. Segundo Rorty, devemos criar um novo papel para os filósofos, uma vez que passamos por revoluções nas mesmas áreas em que Dewey passou. Assim poderemos munir a filosofia de um discurso não defasado em relação à vida atual. As revoluções vividas por Rorty são aquelas pelas quais (quase) todos nós passamos: transformação nos paradigmas da ciência, da cultura e das artes. Assistimos ao surgimento do pós-modernismo; no âmbito da política, vimos a derrocada dos regimes comunistas do Leste Europeu; no campo industrial, vivemos a entrada da tecnologia da informática e a nova articulação do mundo por meio da internet.

A primeira dessas revoluções, o pós-modernismo (a partir do final dos anos 1970), significou a descrença nas metanarrativas[8], ou seja, o descrédito das grandes teorias que desejavam explicar, de modo global, a vida humana ou, mais especificamente, o nítido enfraquecimento de toda e qualquer filosofia fundacionista. A segunda revolução, a derrocada do 'comunismo' (1989), trouxe um desprestígio ao marxismo que este jamais havia experimentado desde seu surgimento; em especial, à idéia a ele associada (e a outras filosofias ligadas às

---

6. Dewey inseriu um longo prefácio bastante elucidativo nesta edição (trad. Eugenio Marcondes Rocha, São Paulo, Companhia Editora Nacional, 1958).
7. Cf. John Dewey, *A filosofia em reconstrução*.
8. Essa formulação do pós-modernismo é a que se tornou clássica a partir do livro de Jean-François Lyotard, *A condição pós-moderna* (trad. Ricardo Correa Barbosa, Rio de Janeiro, José Olympio, 1998).

utopias do mundo do trabalho) de que haveria alguém de posse de uma filosofia da história que nos contaria tudo a respeito do destino dos humanos[9]. A terceira revolução, a da informatização do mundo e da popularização da internet (meados da década de 1990), democratizou saberes e, enfim, criou um mundo em que o cidadão comum é muito mais capaz de enxergar o que se passa entre os governantes, em todo o mundo, e o que se passa na casa de outro mais distante, mesmo em outro país. Negação do fundacionismo, conversação sobre intervenções reformistas inspiradas na democracia em que vivemos no Ocidente e, enfim, democratização da informação são, todos os três, elementos que *já* estavam apontados em Dewey por conta de outras revoluções, e que em Rorty se tornam pontos importantes para ele refazer o que seria, *ainda*, uma descrição filosófica do mundo – uma descrição capaz de tornar a filosofia filha de seu próprio tempo.

III

Como é a reconstrução da filosofia proposta por Rorty?

É praxe para filósofos reformadores de seu próprio ofício voltar os olhos para o ponto de partida da filosofia. Muito da discussão em metafilosofia é uma reavaliação dos trabalhos dos gregos clássicos. Donald Davidson, um filósofo que Rorty aprecia tanto quanto Dewey, em seu afã reformista também apontou para os gregos clássicos para tirar deles uma lição que ele acreditava valer para toda a filosofia. Vou até Davidson para, então, voltando a Rorty, ver mais de perto sua própria proposta, pois a comparação, aqui, será útil.

Davidson relembra o *Elenchus* de Sócrates[10] para dizer o quanto a filosofia nada tem a ver com definições. Em todos os diálogos pla-

---

9. Neste volume, Rorty comenta o fim da filosofia da história no ensaio 'O fim do leninismo, Havel e esperança social'.
10. *Elenchus*, o Método da Refutação.

tônicos do período intermediário, Davidson ressalta, o padrão de conversação entre Sócrates e outros é bem conhecido. Sócrates solicita do interlocutor que ele tente alcançar uma resposta que dê uma definição do que está em questão. As perguntas de Sócrates, se respondidas, diriam o que é beleza, coragem, virtude, amizade, amor, temperança, e assim por diante. Nos diálogos, a cada resposta, o interlocutor fornece um exemplo de alguém com tais dotes ou de uma situação que, de alguma forma, mostra ou alude a tais dotes, e é sucessivamente refutado por Sócrates. Assim, não se chega a uma definição convincente. Davidson sugere que o fracasso com definições também está presente no propósito de Platão. Ele diz que as únicas definições com as quais Platão se satisfez são aquelas bem tendenciosas aplicadas ao sofista; ou alguns poucos exemplos triviais, como a definição de triângulo ou de lama, obviamente a mistura de terra e água[11].

Mesmo quando Platão tenta, em *Teeteto*, definir conhecimento, Davidson vê aí uma postura pouco direta. Segundo Davidson, Platão, ao indicar o conhecimento como "crença verdadeira bem justificada", tem de se agarrar à noção de justificação, de garantias para a crença ser verdadeira, e nada lhe ocorre senão ter de combinar elementos racionais e causais para a justificação da crença. Ou seja, o caminho da busca de definições nos leva, na prática da filosofia, para longe delas; o filósofo se afasta, necessariamente, da busca de conceitos mais básicos, cujas definições seriam fundamentais para explicar os conceitos mais complexos. A idéia da filosofia como uma atividade de redução do complexo ao simples, de modo que, uma vez com conceitos mais básicos nas mãos, houvesse sentido em determiná-los por meio de um só golpe da linguagem ou do pensamento, por meio de uma só expressão, não é uma idéia válida. Pelo menos, não é o que a filosofia grega clássica fez. Davidson mostra que a filosofia, nesse

---

11. Donald Davidson, 'The folly of trying to define truth', em S. Blackburn & K. Simmons (orgs.), *Truth* (Oxford, Oxford University Press, 1999), p. 308.

aspecto, em sua origem e continuidade, caminhou antes pela trilha socrática do que por qualquer outra.

A lição dos gregos, para Davidson, poderia então ser colocada da seguinte maneira:

> Na maioria dos casos, os conceitos que os filósofos isolam para lhes dar atenção, como verdade, conhecimento, crença, ação, causa, o bem e o certo, são os mais elementares que temos, conceitos sem os quais (estou inclinado a dizer) não teríamos, ao final, quaisquer outros conceitos. Por que então deveríamos esperar ser capazes de, por meio de definições, reduzir esses conceitos a outros conceitos mais simples, mais claros e mais básicos? Deveríamos aceitar o fato de que o que torna esses conceitos tão importantes deve também eliminar a possibilidade de encontrar um fundamento (*foundation*) para eles que alcance os alicerces mais profundos[12].

Não há algo mais rortiano que tal citação. O programa descritivo, deflacionista e crítico em relação ao fundacionalismo é o de Davidson; e é, com alguns ajustes, também o de Rorty[13]. Sabemos o que está em jogo aqui. É o que, em um jargão rortiano, poderia ser colocado da seguinte maneira: não temos como não ver o fim da idéia de 'análise' da chamada 'filosofia analítica'.

Davidson e Rorty mantêm um *estilo* de filósofos analíticos. E, se assim é, a filosofia analítica é atual, viva. Não há dúvidas disso. Mas o projeto da filosofia analítica, quando de sua associação com a inspiração do positivismo ou empirismo lógico, foi abandonado – para ambos, morto. A idéia de que a filosofia busca ana-

---

12. Idem, ibid., p. 309.
13. Os autores que insistem em ver Rorty como um leitor que não acompanha Davidson em essência, ou, pior, como um filósofo que não o teria entendido, estão completamente enganados. Para ver quanto eles se enganam, basta ler a entrevista de Davidson em que confessa que o debate com Rorty é sobre questões localizadas, detalhes apenas, e que no geral eles não divergem. Cf. "Davidsonworld" (http://www.davidson.pro.br).

lisar a linguagem para, então, encontrar o que seria, analiticamente, o mais simples, o que nos daria pontos lógico-lingüísticos que se associariam aos elementos sensíveis simples, mostrando a articulação entre a "linguagem" e o "mundo" e nos dando tranqüilidade metafísica, cai por terra definitivamente. Isso, em especial, quanto às agendas filosóficas de Davidson e de Rorty[14]. Eles se convenceram de que os gregos clássicos, lidos como eles os leram, já indicavam tal caminho.

IV

Essa idéia de escapar da tentação de criar definições, que Davidson identifica desde primórdios da *boa* filosofia, é o modo como ele se declara alguém fora do campo fundacionalista. Salvo detalhes, Rorty faz o mesmo. A pequena discrepância entre ambos recai sobre como eles avaliam as diferenças entre o modo socrático de agir e o modo platônico. Essas diferenças não são enfatizadas por Davidson mas são consideradas por Rorty. Além disso, Rorty não centra tanto sua atenção, aqui ao menos, na questão de ter definições como fundamento, mas de ter a teoria como fundamento.

Rorty posiciona Sócrates como filósofo mundano, que perambula por Atenas sem respostas, somente com perguntas, exercendo o *Elenchus*. Platão é, para Rorty, mais o personagem rei-filósofo ou filósofo-rei do livro *A República*, e bem menos o próprio Platão (ao menos, não o Platão de Davidson). O filósofo é rei, e deve sê-lo, pois está em contato com a Verdade e, portanto, torna-se legítimo para ditar a Justiça à Cidade. O rei é filósofo, e deve sê-lo, pois foi criado para tal; educado como filósofo para ser, antes de tudo, filósofo-rei.

---

14. Um bom resumo de como Rorty se desencanta com a 'filosofia analítica' é um dos posfácios de seu livro de 1967, *The linguistic turn*. Cf. Richard Rorty, 'Twenty-five years after', em *The linguistic turn* (Chicago, The University of Chicago Press, 1992).

Rorty está imbuído da idéia de que Platão conciliou mal o mundo sensível – mutável – com o mundo inteligível – imutável –, na medida em que manteve uma hierarquia entre ambos, permitindo ao segundo ser mais importante do que o primeiro. Para Platão, sabemos, ambos existem, mas só o segundo é real. Essa hierarquia platônica, para o historicismo de Rorty, é insustentável. Ela teria a ver com o orientalismo de Platão? Teria a ver com Platão como herdeiro de sacerdotes e sábios, mais próprios dos lugares que conheceu no Oriente do que com os filósofos do mundo grego? Rorty não diz, mas deixa boas farpas nas entrelinhas.

Para Rorty, sacerdotes e sábios consideram as contingências desprezíveis – e mesmo como ilusão – e organizam suas agendas em função de uma ordem perene, por isso suas agendas são fixas; eles sabem *a priori* o que tem de fazer. Os profissionais liberais modernos, ao contrário, a cada dia vão para o trabalho para atender a novos projetos e novos casos não só nunca vistos, mas muitas vezes *jamais sonhados*. Um filósofo que tem como modelo o sábio ou o sacerdote sabe o que tem de fazer porque participa da filosofia enquanto alimentada pela *Theoría*. Um filósofo cujo modelo de atuação é dado pela atividade dos profissionais liberais sabe apenas que pode comparar experiências com outras experiências, relacionar livros com outros livros, contar e ouvir casos, produzir e analisar desenhos, projetar soluções e ouvir avaliações sobre tais projetos – ele participa da filosofia enquanto alimentada pela *Phrónesis*.

Theoría vem do verbo *theoréo*, que quer dizer observar, examinar, contemplar. Esse verbo, na Grécia antiga, referia-se aos espectadores dos Jogos Olímpicos, e sabemos que os vencedores dos jogos encarnavam a vontade divina. Assim, assistir aos Jogos Olímpicos era uma maneira de *participar* da manifestação divina, do que é o *mais real*. A noção forte de teoria tem a ver com a capacidade de mostrar o real, ou de representar acuradamente o real. Por outro lado, *Phrónesis* vem do verbo *phronéo*, que significa ter bom senso, ser prudente, ser sensato, ter bons sentimentos, conduzir bem a vida. O filósofo, na acepção rortiana, é aquele que antes de ser um contemplador ou um investigador se dispõe a conversar, a falar e ouvir, aquele que propõe alternativas razoáveis para o *bem viver*. Por isso mesmo não possui uma agenda fixa, pois entende que cada caso é um caso que deve ser ponderado nas suas particularidades[15].

Se uma sociedade não muda, isto é, se é uma sociedade sem política (em que não há e não pode haver projetos políticos alternativos), governada por tiranos que procuram impedir as mudanças, então a imagem do filósofo como sacerdote ou como sábio lhe seria perfeita. Ele, o filósofo, não seria outra coisa senão alguém a serviço de um tipo de religião de Estado. Mas, em sociedades livres, sociedades em que há a política, sempre haverá lugar para filósofos que tentam enfrentar as contingências; esses filósofos tentarão dar sugestões para a solução de problemas novos e, principalmente, ajudarão a projetar aqui e ali novas imagens de nós mesmos e do mundo, de modo a nos tornar mais aptos a fazer o que o futuro nos pede. O filósofo, nesse sentido, seria "útil na solução de problemas particulares que emergem em situações particulares – situações em que a linguagem do passado está em conflito com as necessidades do futuro"[16].

O comportamento filosófico de Sócrates desbanca a postura do personagem de Platão em *A República*. O Sócrates de Rorty, se viesse a ler Platão, iria querer tirar a toga filosófica do rei-filósofo. Assumindo que ele não está em contato com a Verdade, sua função de legislador (aquele que diz o que é a Justiça) chegaria ao fim. Os homens perderiam um filósofo (tradicional), a cidade perderia um governante, quem sabe, despótico. Mas todos ganhariam, com sorte, cidadania. Como subproduto, haveria outro tipo de filosofia.

---

15. A posição de Rorty, na avaliação da filosofia grega, é a mesma de Dewey.
16. Pode-ser ver Rorty defendendo tal tese em vários textos, inclusive no ensaio 'A filosofia e o futuro', presente neste volume.

V

Mas, se encontrar fundamentos não é a tarefa que Rorty reserva para a filosofia, o que ele propõe, concretamente?

Os textos reunidos neste volume, em geral, formam um conjunto de discussão metafilosófica. Falam da nova tarefa da filosofia. Falam alguma coisa sobre como Rorty desembocou em tal atividade. Dizem o que não poderia mais ser a filosofia, e o que poderia ser delineado, daqui em diante, como filosofia. Em geral, Rorty conta aqui que a filosofia pragmatista é mais uma teoria *ad hoc* do que uma explicação com fundamentos profundos de seja qual for a posição teórica ou prática. Detalhando tal tarefa, a conversa escapa do campo metafilosófico e envereda por uma discussão metodológica. Todavia, 'método' em uma filosofia pragmatista não implica, como em outras, dispor escolasticamente conceitos e derivações doutrinárias. No pragmatismo de Rorty, ou seja, em um pragmatismo após *the linguistic turn*, o que importa é ver como alteramos nosso uso de palavras, vocabulários, expressões e jogos de linguagem. O que permite novas e melhores redescrições – para intervenções que possam, com sorte, fazer diferença na prática, em favor do pluralismo e da democracia. Há ensaios, aqui neste volume, que são exemplos claros do que já é se posicionar no interior do filosofar rortiano quando este elabora redescrições mais amplas que as que ficam circunscritas à metafilosofia[17].

Quando Rorty não está discutindo metafilosofia nem negando algumas crenças consagradas que não são mais úteis, sua filosofia positiva consiste em uma operação com a linguagem centrada na *redescrição*. Nesse caso, cabe falar aqui em estratégias – estratégias redescritivas.

---

17. Neste caso, os textos 'Justiça como lealdade ampliada' e 'Racionalidade e diferença cultural em uma perspectiva pragmatista' são os melhores exemplos.

Introdução

A redescrição é uma tarefa da imaginação. É com a imaginação que redescrevemos a nós, aos outros e ao mundo, a fim de criar uma imagem que pode nos agrupar junto daqueles com quem até então pensávamos não ter qualquer coisa em comum. Fazemos isso na medida em que acreditamos que o futuro nos chama para uma cosmópolis democrática. Então, exatamente por estarmos sob novos grupos, podemos nos supreender estendendo a tais indivíduos, até então muito diferentes, sentimentos de confiança e solidariedade – sentimentos reservados para os que consideramos 'um de nós'. Como podemos fazer isso? Rorty explicita três modos, três estratégias.

Nas três estratégias, o que vale é a nossa capacidade de contar histórias – *outras* histórias. Nas duas primeiras, apresentamos histórias nas quais pessoas de grupos distintos terão de se ver e sentir compartilhando de coisas relevantes, porque tais coisas as beneficiam diretamente e/ou são importantes para seus sentimentos. De acordo com a terceira, apresentamos histórias que para muitos parecem pouco plausíveis, histórias que dizem coisas inaceitáveis, uma vez que são, não raro, incompreensíveis. Nas duas primeiras estratégias, defendemos direitos já assegurados legalmente ou direitos mais ou menos consensuais, ou ampliamos direitos conhecidos para mais pessoas, para aquelas que ainda não usufruíam deles. Na última estratégia, ampliamos os direitos das pessoas na medida em que *inventamos* direitos jamais sonhados. Darei um exemplo de cada estratégia.

1) Segundo Rorty, aqueles professores que lutam contra a segregação racial o fazem melhor quando podem contar a seus alunos, negros e brancos, histórias que mostram que afro-americanos construíram a América democrática, aquela América que alguns brancos pensam que só eles construíram. Qual América, especificamente? Aquela que possui um *Welfare State* democrático e que, por isso mesmo, deveria ser objeto de interesse *pragmático* não só dos brancos, mas muito mais dos negros. Os professores devem contar histórias em que a América democrática mítica aparece como um 'bom negócio' não só para os brancos mas principalmente para os negros, e em que a América já existente se possa mostrar um 'bom negócio' para estes, na medida em que a sociedade democrática pluralista e o *Welfare State* alcançados são o que os negros – e não só os brancos – puderam construir de melhor; a história de uma grande obra, porém inacabada, que vale a pena ser continuada.

2) Pessoas, diante de perguntas como "Por que devo me preocupar com ela, uma estrangeira, uma pessoa que não é minha parenta, uma pessoa cujos hábitos me desgostam?", podem responder com histórias tristes e sentimentais que costumam ser mais ou menos assim: "Porque não poderia ser de outro modo, na situação em que ela está vivendo, longe de sua casa, entre estranhos..." Ou melhor: "Porque poderia ser sua namorada... imagine se fosse". E até: "Porque a mãe dela deve estar preocupada". Para Rorty, tais histórias, repetidas com pequenas variações ao longo dos séculos, são de fato o que tem induzido pessoas seguras, ricas e poderosas a tolerar e até a estimar pessoas indefesas, aquelas cuja aparência, costumes e crenças nos parecem, em princípio, um insulto à nossa identidade moral, algo que estaria além do que percebemos como diversidade humana.

Bons historiadores, antropólogos dedicados e cientistas sociais de mentalidade aberta, capazes de escrever a história de modo mais rico, valorizar modos de vida diferentes e narrar as dificuldades dos vários setores sociais, certamente colaborariam muito para ocasiões como as do primeiro exemplo. Contistas e romancistas fortes, produtores e diretores de cinema sensíveis, bons jornalistas, capazes de nos envolver com belos livros, filmes tocantes e reportagens sérias e vivas colaborariam bastante em ocasiões como as do segundo exemplo. Todavia, isso não basta. Abaixo, falo da terceira estratégia.

3) Rorty entende que a extensão de direitos não é tudo com que temos de nos envolver. A tolerância e a diminuição da crueldade ne-

cessitam de ações mais ousadas. Na maior parte das vezes, uma ação contra a crueldade depende da *invenção* de direitos. Então, temos de nos esforçar mais. Temos de *criar* novos vocabulários. Há direitos jamais sonhados que só podem se tornar direitos a ser reivindicados se surgir um novo vocabulário – um vocabulário alternativo.

Ações que, ao final, podem resultar na criação de novos direitos em favor da tolerância, necessitam ser suficientemente contundentes para, como Rorty diz, "mudar as reações emocionais instintivas" das pessoas. Rorty entende que um modo de fazê-lo é providenciar uma nova linguagem, um novo vocabulário. Com a expressão uma 'nova linguagem', ele não está querendo apontar apenas para o uso de novas palavras mas, principalmente, para o uso criativo e abusivo da linguagem existente. Isso implica a utilização de palavras familiares mas de um modo que inicialmente soa, à maioria, completamente descabido, talvez maluco.

Teria soado louco, diz ele, "descrever a relação homossexual como uma tocante expressão de devoção mas tal descrição está agora, em certos meios, adquirindo popularidade". Ocorre que algo tradicionalmente considerado objeto certo de abominação moral pode vir a ser objeto de aprovação geral, e isso por obra de uma maior popularidade alcançada por uma descrição alternativa. Essa popularidade amplia o *espaço lógico* de possibilidades, pois faz descrições de situações que, usadas para parecer loucas, terminam por parecer sadias. O abuso da linguagem, o que inicialmente se apresenta como absurdo, pode ganhar uso generalizado, ganhar então sentido e candidatar-se a valor de verdade, ampliando assim o campo do que é factível – no caso do exemplo, trata-se da ampliação do espaço lógico de possibilidades dos homossexuais terem os sentimentos dos outros para com eles e deles para com eles mesmos completamente alterados, além de poder contribuir para a criação de direitos até então impensados, como, por exemplo, a possibilidade de considerarmos o casamento legal entre pessoas do mesmo sexo como algo completamente plausível e justo[18].

O filósofo rortiano é aquele que convida todos a ficar atentos aos vocabulários alternativos. Podemos aceitar o convite. Ficaremos atentos àquelas situações em que muitas pessoas dizem "devem estar falando por metáforas", "ou estão falando por metáforas ou estão loucas", "certamente se tomarmos isso ao pé da letra não faz sentido algum". Se prestarmos atenção nisso, não seremos capazes de saber aproveitar essas oportunidades, vendo nelas o germe de ampliação de algum espaço lógico de possibilidades que nos interessa?

Rorty acredita que os grupos oprimidos da sociedade *só* podem melhorar sua situação na medida em que forem capazes de alcançar uma 'autoridade semântica' sobre si mesmos. Quem é capaz disso está apto a inventar uma nova identidade moral para si mesmo. É assim que, segundo ele, podemos promover mudanças nos comportamentos.

Quando ouvimos "deve estar falando metaforicamente" ou "isto é metáfora ou loucura" ou "se tomarmos ao pé da letra não faz sentido", devemos ser capazes de prestar atenção e de chamar a atenção de outros, nossos colegas do grupo de apreço pela democracia, para o vocabulário alternativo que está querendo disputar espaço, e ver se com ele podemos avançar em direção à construção da 'autoridade semântica' necessária à nova identidade moral dos grupos oprimidos. Se assim fizermos, talvez possamos abrir caminhos para redescrições que, uma vez tendo produzido novas identidades morais, vão criar novos comportamentos, quiçá capazes de colaborar

---

18. Quando Rorty escreveu isso, referia-se ao início de certa convivência tranqüila entre gays e não gays na sociedade norte-americana e a um movimento visível em que o 'amor gay' estava se transformando, no mundo todo, como um bom sinal de *amor verdadeiro*. Foi a época do filme de Jonathan Demme, *Filadélfia* (1993), e o início do que seria o trabalho do "casamento gay" – algo novo, uma vez que aponta para a possibilidade de ter filhos, o que implica o redesenho do que até então entendíamos como família no Ocidente.

com um mundo em que sofrimento, humilhação e crueldade não sejam uma regra.

VI

Terminamos? Fizemos um quadro sucinto, porém, completo da filosofia de Rorty? Não. Creio que falta falar, agora, da redescrição de Rorty não da tarefa da filosofia nem da redescrição que os filósofos ou os intelectuais rortianos podem fazer, de um modo geral, em favor de mais e novos direitos, mas das estratégias redescritivas aplicadas ao que seria o *conteúdo* da filosofia – a conversação que tradicionalmente é tomada como tal.

No que se refere ao que, de certo modo, chamamos de conteúdo da filosofia, Rorty diz que "precisamos separar o liberalismo ligado ao Iluminismo do racionalismo articulado ao Iluminismo"[19]. Penso, diz ele, que:

> (...) descartar o racionalismo residual do que herdamos do Iluminismo é conveniente por muitas razões. Algumas delas são teóricas e somente de interesse de professores de filosofia, tal como a aparente incompatibilidade da teoria da verdade como correspondência com a abordagem naturalista da origem das mentes humanas. Outras são mais práticas. Uma razão prática é aquela que se livra da retórica racionalista, e que permitiria ao Ocidente aproximar-se do não-Ocidente no papel de alguém com uma história instrutiva para contar, antes do que num papel de alguém que se propõe a fazer melhor uso de uma capacidade humana universal[20].

Assim, quanto a essas alterações, a agenda de Rorty, como eu a vejo, está marcada por três pontos básicos.

---

19. Tal proposta se encontra no ensaio 'Justiça como lealdade ampliada', publicado neste volume.
20. Cf. ensaio citado na nota anterior.

Primeiro: Falar de uma abordagem naturalista da mente humana é abandonar o modelo que vê a mente (o que na linguagem que não é a da filosofia analítica pode ser a subjetividade) como o que cai sob dois rótulos concomitantes: um que a cataloga como uma peça física que está no mundo físico e segue as relações de *causa e efeito*; outro que a cataloga como peça cognoscente que *representa* o mundo e, então, elabora enunciados cujos conteúdos representariam fidedignamente o que é focado no mundo. Se a abordagem é naturalista, a função de representação perde o lugar. Só pode haver, entre mente e mundo ou entre linguagem e mundo, relações causais. Ou seja, o primeiro catálogo é o que vale (mas sem com isso ter de acreditar que todo o vocabulário psicológico ou que evoca representações tenha de ser inutilizado)[21].

Segundo: Se somente há relações causais, não havendo, portanto, representações, então a teoria da verdade correspondentista, que sustenta uma boa parte da filosofia tradicional, cai por terra. Pois a teoria correspondentista é, antes de tudo, uma teoria representacionalista. É à representação, como pensamento ou linguagem, que é atribuída a função de duplicar o real; ou seja, enunciados ou idéias *re*-apresentam acuradamente – e são verdadeiras – aquilo que focalizam no mundo[22].

---

21. Rorty, como Davidson, se vale da idéia de que estamos todos em um mundo natural e, portanto, única e exclusivamente sob relações causais, mas isso não teria de implicar a necessidade de eliminarmos uma série de descrições que servem para descrever estados psicológicos, mentais etc., sem referência à causalidade. O vocabulário naturalista pode dar conta de algumas coisas mas, em muitas outras, seríamos mais bem entendidos somente usando um vocabulário em que termos do 'âmbito mental' sobrevivem. Para aprender mais sobre tal posição, vale conferir os *Philosophical papers* de Rorty, em especial as partes dedicadas ao pensamento de Davidson nos volumes I e III.

22. Os primeiros três volumes dos *Philosophical papers* de Rorty tratam, em suas partes iniciais, exatamente dos assuntos relativos ao anti-representacionalismo. Nesse caso, para compreender melhor o argumento do filósofo, é necessário o estudo da obra de Davidson. A não compreensão dos textos de Davidson tem feito vários autores, inclusive célebres, cair em uma análise ou preconceituosa ou simplesmente simplória da obra de Rorty.

Introdução

Terceiro: Os tópicos acima são aquilo que Rorty diz ser do interesse de professores de filosofia. Ele quer dizer com isso que são problemas mais técnicos. O que extrapola esse interesse mas, ainda assim, permanece no que é, em geral, tomado como o conteúdo da filosofia, diz respeito a uma maneira naturalista de abordar a razão e a racionalidade. Nesse caso, a estratégia redescritiva caminha na direção da construção, em filosofia, de tipos de *identidade moral* que não venham a se auto-eleger superiores por estarem de posse da razão – uma entidade que faria seu possuidor alguém melhor, em um sentido quase sobre-humano, em relação a todos os que seriam acusados de ter se privado dela[23].

Os dois primeiros pontos são o que Rorty vem desenvolvendo nas primeiras seções de seus *Philosophical papers*. O terceiro é o que está enfatizado neste livro que o leitor, agora, tem em mãos. É o que poderíamos chamar de ética e filosofia política de Rorty.

Paulo Ghiraldelli Jr.
Abril de 2005

---

23. Rorty trabalha nessa operação no ensaio 'Justiça como lealdade ampliada', publicado neste volume.

Prefácio

Os ensaios deste volume argumentam em favor da afirmação – ou a pressupõem – de que o melhor modo de atingir a justiça social é combinar economia de mercado e empreendimento capitalista com tributação distributivista e *Welfare State*. Minhas razões para manter essa perspectiva não são filosóficas mas tão-somente empíricas. As experiências de países como Rússia, China e Cuba parecem mostrar que os mercados livres são necessários para que uma sociedade seja capaz de tirar total proveito da inovação tecnológica. Uma das lições do século XX é que aquilo que os marxistas chamavam de 'reformismo liberal burguês' é o único caminho que resta à política de esquerda. Experimentamos alternativas mais radicais, e essas experiências revelaram-se um fracasso.

Penso que o único 'fundamento filosófico' necessário para esse tipo de política é a convicção, comum a John Stuart Mill e William James, de que todo desejo humano deve ser satisfeito a menos que sua satisfação entre em conflito com a satisfação dos desejos de outras pessoas. Para mim, *Sobre a liberdade*, de Mill, ainda parece dizer boa parte do que se precisa dizer sobre os objetivos políticos da esquerda. O 'princípio da diferença' de John Rawls – que afirma que as desigualdades são justificadas somente quando beneficiam os membros menos favorecidos da sociedade – esclarece uma das conseqüências da visão de Mill. A justificativa de Rawls para o capitalismo é que qualquer outro sistema econômico deixaria os menos favorecidos mais miseráveis, pois seriam privados dos benefícios da inovação tecnológica.

Filósofos pragmatistas como James e John Dewey salientam que tudo o que podemos esperar dos filósofos é que eles façam o máximo para estimular a experimentação cultural e sociopolítica. A principal função da filosofia é remover o entulho intelectual – ajudar a tornar o futuro humano diferente do passado humano pelo rompimento do que Dewey chamou de "crosta de convenções". O trabalho da filosofia é encorajar a tolerância à novidade, na esperança de que assim aumente a felicidade humana.

Dewey gostava de citar a máxima de Shelley de que "o grande instrumento do bem moral é a imaginação". A maior diferença entre o pragmatismo e a tradição que se estende de Platão a Kant é a substituição da razão pela imaginação como a faculdade que possibilita o progresso moral. Os pragmatistas apagariam a imagem da razão como uma faculdade que distingue a essência estável que se oculta nos eventos em constante mudança. Eles pensam a racionalidade ampliada como simplesmente uma disposição maior para considerar sugestões imaginativas para a mudança. Esse modo de pensar significa que não há mais algo como 'natureza humana' para a filosofia ou a ciência descobrir, pois os seres humanos estão em contínua recriação de si mesmos. Assim, a política sempre será uma questão de tentativa e erro – de experimentar novas instituições (como as criadas pela Revolução Francesa e pela Revolução Bolchevique) e de ser guiada pelo sucesso ou fracasso dessas experiências.

Com o fim da Guerra Fria e da luta entre capitalismo e comunismo, ainda nos defrontamos com o problema que Lenin não conseguiu resolver: como usar a tecnologia moderna para ampliar a liberdade, a justiça e a felicidade? A discussão contemporânea desse problema é complicada pelo fato de um dos resultados do fim da Guerra Fria ter sido a hegemonia dos Estados Unidos – um país que, para perplexidade do restante do mundo, continua a apresentar não só um idealismo moral genuíno mas também uma arrogância imperial e uma descarada hipocrisia.

Assim, se a atual tendência na política norte-americana em direção à direita continuar, o idealismo deixará de ser relevante na política externa de meu país. Os Estados Unidos não cooperarão no esforço de gerar uma ordem mundial justa; vão apenas competir, por vaidade, para manter a hegemonia diante do desafio representado pela China. Se isso acontecer, países como o Brasil terão de manobrar, com cuidado e perspicácia, entre um império norte-americano em queda – egoísta e egocêntrico demais para pensar sobre as necessidades da humanidade como um todo – e um império chinês em ascensão. Os arranjos geopolíticos, e perigos, do século XXI serão certamente bem diferentes daqueles do chamado 'Século Americano'. É possível que as pessoas de esquerda, por exemplo, tenham de distanciar-se do racismo branco e do consumismo do Atlântico Norte o suficiente para considerar a versão chinesa desses dois vícios.

Tenho esperança de que os intelectuais do Brasil – e de outros países cuja política esteja se dirigindo para a esquerda, e nos quais a justa distribuição de bens e oportunidades ainda seja um objetivo político acalentado – sejam capazes de manter o idealismo moral que um dia desempenhou um importante papel na vida intelectual e política de meu país. Com sorte, países como o Brasil e a Índia poderão encontrar modos imaginativos de trabalhar juntos para concretizar as esperanças que levaram Roosevelt e Truman a criar as Nações Unidas. Não sou otimista nem sobre nossa capacidade de evitar a guerra nuclear nem sobre o futuro da democracia, nem sobre a luta por justiça social. Mas quero crer que aquilo que a Europa e os Estados Unidos tentaram realizar, e falharam, possa ainda se realizar – que países como o Brasil possam, à medida que desempenham um papel cada vez mais abrangente na política mundial, ajudar a concretizar alguns dos sonhos de Dewey e Mill.

Sou muito grato a Paulo Ghiraldelli por todo o trabalho em preparar a tradução deste volume. Espero que os leitores brasileiros o considerem útil como introdução à tradição filosófica pragmatista.

Richard Rorty
Junho de 2005

Trotsky e as orquídeas selvagens

Se há algo correto na idéia de que a melhor posição intelectual é aquela atacada com igual vigor pela direita e pela esquerda no campo da política, então estou em uma boa condição. Sou freqüentemente citado pelos guerreiros da cultura conservadora como um dos filósofos relativistas, irracionalistas, desconstrutivistas, cínicos e sarcásticos, cujos escritos estão enfraquecendo a fibra moral da juventude. Neal Kozody, escrevendo no boletim mensal do Comitê para o Mundo Livre, uma organização conhecida por sua vigilância contra sintomas de fraqueza moral, denuncia a minha 'visão cínica e niilista' e diz que "não é suficiente para ele [Rorty] que os estudantes norte-americanos sejam pessoas sem opinião; eles teriam de ser mobilizados positivamente para virem a não ter opinião". Richard Neuhaus, um teólogo que duvida que os ateístas possam ser bons cidadãos norte-americanos, diz que o "vocabulário ironista" que advogo "não pode fornecer uma linguagem pública para os cidadãos de uma democracia, nem serve para a luta contra os inimigos da democracia, nem vale para transmitir as razões pela democracia à nova geração". Minha crítica a *O declínio da cultura ocidental*, de Allan Bloom, levou Harvey Mansfield – recentemente indicado pelo presidente Bush para o National Council for the Humanities – a dizer que eu "desisti da América" e que "consigo até mesmo superar John Dewey". (Mansfield recentemente descreveu Dewey como um 'malfeitor de porte médio'). Seu colega no Council, meu colega de profissão, o filósofo John Searle, acredita que os padrões da educação superior norte-americana só poderão ser restaurados se as pessoas abandonarem as perspectivas sobre verdade, conhecimento e objetividade que faço o melhor que posso para inculcar.

Já Sheldon Wolin, falando a partir da esquerda, vê muitas similaridades entre mim e Alan Bloom: ambos, ele diz, são intelectuais esnobes que levam em conta somente a elite ociosa e culta a que pertencem. Nenhum de nós tem qualquer coisa a dizer para negros ou qualquer outro grupo que tenha sido colocado de lado pela sociedade norte-americana. A perspectiva de Wolin está em sintonia com de Terry Eagleton, um pensador de orientação marxista do Reino Unido. Eagleton diz que "no ideal de sociedade de Rorty os intelectuais serão 'ironistas', praticantes de um cômodo cavalheirismo, despreocupados em relação às suas próprias crenças, enquanto as massas, para quem tal poder de auto-ironia poderia fornecer uma arma subversiva demais, continuarão a saudar a bandeira e a levar a vida seriamente". *Der Spiegel* disse que "tento fazer a regressão *yuppie* parecer boa". Jonathan Culler, um dos principais discípulos e divulgadores de Jacques Derrida, diz que minha versão do pragmatismo "parece inteiramente apropriada à era Reagan". Richard Bernstein diz que minhas opiniões são "pouco mais do que uma *apologia* ideológica de uma versão fora de moda do liberalismo da Guerra Fria, agora vestida num discurso da moda 'pós-moderno'". A palavra favorita da esquerda a meu respeito é 'complacente', enquanto a da direita é 'irresponsável'.

A hostilidade da esquerda é parcialmente explicada pelo fato de que a maioria das pessoas que admiram Friedrich Nietzsche, Martin Heidegger e Derrida tanto quanto eu admiro – a maioria das pessoas que se classificam como 'pós-modernistas' ou as que (como eu) são assim classificadas contra sua própria vontade – participa do que

Jonathan Yardley chamou de 'America Sucks Sweepstakes'*. Participantes desse evento competem para encontrar as melhores formas de descrever do pior modo os Estados Unidos. Eles vêem nosso país como a incorporação de tudo o que está errado com o Ocidente rico pós-Iluminismo. Eles vêem nossa sociedade como aquilo que Foucault chamou de uma 'sociedade disciplinária', dominada por um etos odioso de 'individualismo liberal', um etos que produz racismo, sexismo, consumismo e presidentes republicanos. Ao contrário, vejo a América muito como Whitman e Dewey viram, abrindo uma possibilidade de panoramas democráticos ilimitáveis. Penso que nosso país – a despeito de seus vícios e atrocidades presentes e passadas, e a despeito de sua ânsia em eleger estúpidos e canalhas para altos postos – é um bom exemplo da melhor espécie de sociedade já inventada.

A hostilidade da direita é largamente explicada pelo fato de que os pensadores direitistas não acham que seja suficiente apenas *preferir* sociedades democráticas. É preciso acreditar, também, que elas sejam Objetivamente Boas, que as instituições de tais sociedades estão fundadas em Princípios Racionais Primeiros. Principalmente quando se ensina filosofia, como é meu caso, a expectativa que recai sobre tal pessoa é a de que ela conte aos jovens que sua sociedade não é apenas uma das melhores já imaginadas, mas uma que incorpora a Verdade e a Razão. Recusar dizer tal tipo de coisa conta como 'traição dos funcionários' – como uma abdicação da responsabilidade profissional e moral. Minhas próprias perspectivas filosóficas – visões que eu compartilho com Nietzsche e Dewey – me proíbem de dizer esse tipo de coisa. Não tenho muito como

---

* A expressão citada por Rorty não foi traduzida pela facilidade de compreensão oferecida pela frase seguinte, sobretudo se lembrarmos que *sweepstake* refere-se a apostas, a apostas em corridas de cavalo, ao que concerne a apostas; e que *suck* pode ser usado, na gíria, como algo ruim, que desagrada, de má qualidade. Essa forma de usar *suck*, como aquilo que é de má qualidade, relaciona-se, segundo alguns estudiosos da história da língua, aos primeiros músicos de jazz. Eles diziam que quem tocava mal sugava em vez de tocar, de fato, o instrumento. (N. de T.)

usar noções como 'valor objetivo' e 'verdade objetiva'. Penso que os chamados pós-modernistas estão certos na maioria de suas críticas à conversa filosófica tradicional sobre 'razão'. Assim, minhas perspectivas filosóficas ofendem a direita tanto quanto minhas preferências políticas ofendem a esquerda.

Sou algumas vezes considerado, pelos críticos de ambos os lados do espectro político, como alguém de perspectivas tão esquisitas quanto simplesmente frívolas. Eles suspeitam que direi qualquer coisa para arrancar um suspiro, que estou apenas me divertindo ao contradizer todo mundo. Isso machuca. Assim, tento, a seguir, dizer algo sobre como cheguei até minha posição atual – como cheguei à filosofia e, então, como me vi incapaz de usar a filosofia para os propósitos que eu tinha, a princípio, em mente. Talvez um pouco de autobiografia torne claro que, mesmo que minhas perspectivas sobre a relação entre filosofia e política sejam esquisitas, elas não foram adotadas por razões frívolas.

Quando eu tinha 12 anos, os livros mais atraentes das estantes de meus pais eram dois volumes de capa vermelha, *The case of Leon Trotsky* e *Not guilty*. Eles apresentavam, em forma de ficção, os resultados do relatório da Comissão Dewey de Investigação no Tribunal de Moscou. Não os li com olhos cheios de fascinação como o fiz com livros como *Psychopathia sexualis*, de Richard von Krafft-Ebing, mas os via como qualquer outra criança via a Bíblia da família: eram livros que irradiavam o esplendor da verdade e da moral redentoras. Se eu fosse de fato um *bom* menino, diria a mim mesmo que deveria ter lido não somente os relatórios da Comissão Dewey, mas também *História da revolução russa*, de Trotsky, um livro que comecei muitas vezes, mas que nunca consegui terminar. Pois, na década de 1940, a Revolução Russa e sua traição por Stalin eram, para mim, o que a Encarnação e sua traição pelos católicos haviam sido, quatrocentos anos antes, para os precoces e pequenos luteranos.

Meu pai acompanhou algumas vezes John Dewey ao México como relações-públicas da Comissão de Investigação que Dewey presidia. Ao romperem com o Partido Comunista Norte-Americano em 1932, meus pais foram classificados pelo *Daily Worker* como 'trotskistas', e eles aceitaram mais ou menos a descrição. Quando Trotsky foi assassinado em 1940, um de seus secretários, John Frank, tinha esperança de que a GPU não pensaria em procurá-lo em um remoto e pequeno vilarejo perto do rio Delaware, onde nós estávamos morando. Usando um pseudônimo, ele foi nosso hóspede em Flatbrookville por alguns meses. Fui avisado para não revelar sua identidade real, embora eu duvidasse que meus colegas da Walpack Elementary School se interessassem em minha indiscrição.

Cresci sabendo que todas as pessoas descentes eram, se não trotskistas, ao menos socialistas. Eu também sabia que Stalin havia ordenado não só o assassinato de Trotsky, mas também o de Kirov, Ehrlich, Alter e Carlo Tresca. (Tresca, baleado nas ruas de Nova York, era um amigo da família.) Eu sabia que as pessoas pobres sempre seriam oprimidas até que o capitalismo fosse superado. Trabalhando como *office boy* não remunerado durante meu décimo segundo inverno, carreguei rascunhos de *press releases* do escritório da Liga de Defesa dos Trabalhadores no Gramercy Park (onde meus pais trabalhavam), à casa de esquina de Norman Thomas (candidato à presidência do Partido Socialista), e também ao escritório de A. Philip Randolph na Brotherhood of Pullman Car Porters, na 125th Street. No metrô, lia os documentos que levava. Eles me contavam muito sobre o que os proprietários de indústria faziam aos organizadores de sindicato, o que os proprietários de fazendas faziam aos arrendatários e o que o sindicato dos maquinistas brancos de locomotivas faziam aos bombeiros de cor (cujos empregos os brancos passaram a cobiçar quando as máquinas diesel começaram a substituir as locomotivas movidas a carvão). Assim, aos 12 anos, eu sabia que a questão do ser humano era passar a vida lutando contra a injustiça social.

Mas eu também tinha interesses privados, estranhos, esnobes e incomunicáveis. Anos antes, eles estavam dirigidos ao Tibete. Eu havia mandado um presente ao mais novo Dalai Lama empossado, acompanhado de cumprimentos calorosos a um colega de oito anos que havia vencido. Poucos anos mais tarde, quando meus pais começaram a dividir seu tempo entre o Chelsea Hotel e as montanhas do nordeste de New Jersey, esses interesses se dirigiram às orquídeas. Algumas das quarenta espécies de orquídeas selvagens estavam nessas montanhas, e acabei encontrando dezessete delas. As orquídeas selvagens são incomuns e bastante difíceis de encontrar. Eu me orgulhava bastante de ser a única pessoa ali que sabia onde elas cresciam, seus nomes em latim e a época de floração. Quando eu ficava em Nova York, ia até a biblioteca pública da 42th Street para reler um livro do século XIX sobre a botânica das orquídeas do leste dos Estados Unidos.

Eu não tinha muita certeza do porquê aquelas orquídeas eram tão importantes, mas estava convencido de que eram. Eu estava certo de que nossas nobres, puras e castas orquídeas selvagens norte-americanas eram moralmente superiores às exibidas e hibridizadas orquídeas tropicais à mostra nas floriculturas. Estava também convencido de que havia uma profunda significância no fato de as orquídeas serem as plantas mais complexas e tardiamente desenvolvidas no curso da evolução. Olhando para trás, desconfio de que havia muito de sexualidade sublimada envolvida (orquídeas são notoriamente um tipo de flor sexy), e que meu desejo de aprender tudo o que havia sobre orquídeas estava ligado ao meu desejo de entender todas as difíceis palavras de Krafft-Ebing.

Eu estava desconfortavelmente ciente, contudo, de que havia algo um pouco dúbio nesse esoterismo – nesse interesse em flores socialmente inúteis. Eu havia lido (no vasto tempo disponível a um filho único inteligente, orgulhoso e isolado) uns trechos do *Marius the Epicurean* e também umas partes da crítica marxista do esteticismo de

Walter Pater. Eu temia que Trotsky (cujo *Literatura e revolução* eu havia folheado) não teria aprovado meu interesse em orquídeas.

Aos 15 anos, escapei dos garotos cruéis que me batiam com freqüência no pátio do colégio (garotos que, eu presumia, de alguma forma desapareceriam uma vez que o capitalismo fosse superado), indo então para o famoso Hutchins College, da University of Chicago. (Essa instituição foi imortalizada por A. J. Liebling como "a maior coleção de neuróticos juvenis desde a Cruzada das Crianças".) Até onde se pode dizer que eu tinha algum projeto em mente, este era o de reconciliar Trotsky e as orquídeas. Eu queria achar algum sistema intelectual ou estético que me deixasse – em uma frase arrebatadora que encontrei em Yeats – "captar a realidade e a justiça em uma única visão". Por *realidade* eu queria dizer, mais ou menos, os momentos wordsworthinianos em que, nas florestas em torno de Flatbrookville (e principalmente na presença de certas orquídeas *coralroot* e diminutas *lady slipper* amarelas), havia me sentido tocado por algo numinoso, algo de importância inefável. Por *justiça* eu queria dizer o que Norman Thomas e Trotsky estabeleceram, a libertação dos fracos da dominação dos fortes. Eu desejava um modo de ser tanto esnobe intelectual e moral quanto amigo da humanidade – um recluso fora de moda e um combatente da justiça. Estava bastante confuso, mas razoavelmente certo de que, em Chicago, eu descobriria como os adultos conseguiram resolver o estratagema que eu tinha em mente.

Quando cheguei a Chicago, em 1946, descobri que Hutchins, junto com seus amigos Mortimer Adler e Richard McKeon (o vilão de *Zen e a arte da manutenção de motocicletas*, de Robert Pirsig), havia envolvido muito da University of Chicago em uma mística neo-aristotélica. O mais freqüente alvo de seus escárnios era o pragmatismo de Dewey. Esse pragmatismo era a filosofia do amigo de meus pais, Sidney Hook, assim como a filosofia não oficial da maioria de outros intelectuais de Nova York que haviam abandonado o materialismo dialético. Mas, de acordo com Hutchins e Adler, o pragmatismo era vulgar, 'relativista' e sujeito à auto-refutação. Como eles explicavam, repetidamente, Dewey não possuía qualquer absoluto. Dizer, como Dewey dizia, que o "próprio desenvolvimento é o único fim moral" deixava qualquer um sem um critério para o desenvolvimento, portanto, sem qualquer maneira de refutar a sugestão de Hitler de que a Alemanha havia 'se desenvolvido' sob seu governo. Dizer que a verdade é o que funciona é reduzir a busca da verdade à busca do poder. Somente um apelo a algo eterno, absoluto e bom – como o Deus de Santo Tomás, ou a "natureza dos seres humanos" descrita por Aristóteles – permitiria refutar os nazistas, justificar a escolha da social-democracia e não do fascismo.

Essa busca por absolutos estáveis era comum aos neotomistas e a Leo Strauss, o professor que atraía os melhores estudantes de Chicago (inclusive meu colega de classe, Allan Bloom). A faculdade de Chicago era dotada de refugiados de Hitler deslumbrantemente eruditos, dos quais Strauss era o mais reverenciado. Todos eles pareciam concordar que era preciso algo mais profundo e consistente do que Dewey para explicar por que seria melhor morrer do que ser nazista. Isso soava muito bem aos meus ouvidos de 15 anos de idade. Pois moral e absolutos filosóficos soavam um pouco como minhas orquídeas adoradas – numinosas, difíceis de encontrar, conhecidas somente por uns poucos escolhidos. Além disso, uma vez que Dewey era um herói para todas aquelas pessoas entre as quais eu havia crescido, ridicularizá-lo era uma forma conveniente de revolta adolescente. A única questão era se esse desdém deveria tomar uma forma religiosa ou filosófica, e como isso poderia ser combinado com a aspiração por justiça social.

Como muitos de meus colegas de Chicago, eu sabia muita coisa de T. S. Eliot de cor. Eu estava atraído pela sugestão de Eliot de que somente cristãos comprometidos (e talvez somente anglo-católicos) poderiam superar suas preocupações não muito saudáveis com suas obsessões privadas e, assim, servir seus semelhantes, com a devida humildade. Mas uma incapacidade orgulhosa de acreditar no que eu estava dizendo quando recitei a Confissão Geral pouco a pouco me levou a abandonar minha tentativa desajeitada de seguir a religião. Assim, retornei à filosofia absolutista.

Li Platão durante meu décimo quinto verão, e me convenci de que Sócrates estava certo – virtude *era* conhecimento. Essa afirmação era música para meus ouvidos, pois tinha dúvidas sobre meu próprio caráter moral, uma suspeita de que meus dons fossem somente intelectuais. Além disso, Sócrates *tinha* de estar certo, pois somente então seria possível abarcar realidade e justiça em uma única visão. Somente se ele estivesse certo alguém poderia esperar ser tão bom quanto os melhores cristãos (tal como Aliocha em *Os irmãos Karamazov*, sobre quem eu não conseguia – e ainda não consigo – decidir se é o caso de invejar ou desprezar) e tão bem instruído e inteligente quanto Strauss e seus estudantes. Então me decidi profissionalmente pela filosofia. Eu imaginava que, se me tornasse um filósofo, poderia alcançar o cume da 'linha divisória' de Platão – o local 'para além das hipóteses' em que o brilho total da Verdade irradia a alma purificada do sábio e bom: um campo elísio dotado de orquídeas imateriais. Parecia-me óbvio que alcançar tal lugar era o que todas as pessoas com algum cérebro verdadeiramente queriam. Também parecia claro que o platonismo tinha todas as vantagens da religião, sem requerer a humildade demandada pelo cristianismo, da qual eu parecia incapaz.

Por todas essas razões, eu queria muito ser alguma espécie de platonista, e dos 15 aos 20 anos fiz o melhor que pude. Mas não consegui. Nunca pude compreender se o filósofo platônico visava à habilidade de oferecer argumento irrefutável – argumento que renderia a ele a capacidade de convencer qualquer um daquilo em que ele acreditava (o tipo de coisa em que Ivan Karamazov era bom) – ou visava a um tipo de êxtase privado, incomunicável (o tipo de coisa que seu irmão Aliocha parecia possuir). O primeiro objetivo é conseguir poder argumentativo sobre outros – isto é, tornar-se capaz de convencer os garotos cruéis de que eles não deveriam surrar os outros, ou convencer os capitalistas ricos de que eles devem ceder seu poder a cooperativas e comunidades igualitárias. O segundo objetivo é entrar em um estado em que todas as suas dúvidas são apaziguadas, mas de um modo que você não mais deseje argumentar. Ambos objetivos pareciam desejáveis, mas eu não conseguia ver como eles poderiam ser combinados.

Ao mesmo tempo que eu estava preocupado a respeito dessa tensão interior ao platonismo – e interior a qualquer forma do que Dewey havia chamado de "a busca de certeza" –, também me preocupava com o problema comum de como alguém poderia conseguir uma justificação não circular de debates de temas importantes. Quanto mais filósofos eu lia, mais claro ficava que cada um deles podia remeter suas perspectivas de volta aos primeiros princípios, que eram incompatíveis com os primeiros princípios de seus oponentes, e que nenhum deles jamais alcançava aquele lugar legendário "para além das hipóteses". Não parecia haver algo como uma posição neutra a partir da qual esses primeiros princípios alternativos pudessem ser avaliados. Mas, se não havia tal ponto de vista, então toda a idéia de 'certeza racional' e toda a idéia socrática-platônica de substituir paixão por razão pareciam não fazer muito sentido.

Por fim, superei a preocupação a respeito da argumentação circular por meio da decisão de que o teste da verdade filosófica era, sobretudo, coerência antes que dedutibilidade a partir de primeiros princípios inquestionados. Mas isso não ajudava muito, pois coerência é uma questão de evitar contradições, e o conselho de santo Tomás: "Quando você encontrar uma contradição, faça uma distinção", torna isso muito fácil. Até onde eu podia ver, o talento filosófico era, em grande parte, uma questão de fazer proliferar quantas distinções fossem necessárias para se esquivar de um beco dialético. De modo mais geral, uma vez preso nesse beco, a questão era a de simplesmente descrever o terreno intelectual ao redor de tal modo que os termos usados pelo oponente parecessem irrelevantes, ou questões de princípio, ou estéreis. Descobri ter talento para tais redescrições. Mas me tornei alguém com cada vez menos certeza de que o desenvolvimento dessa habilidade me tornaria sábio ou virtuoso.

Desde essa desilusão inicial (que chegou ao clímax quando deixei Chicago para fazer doutorado em filosofia em Yale), passei quarenta anos procurando um modo coerente e convincente de formular minhas preocupações sobre em que, se houver algo, a filosofia é boa. Meu ponto de partida foi a descoberta da *Fenomenologia do espírito*, de Friedrich Hegel, um livro que li como se dissesse: uma vez aceito que a filosofia é apenas uma questão de descrever o último filósofo, a astúcia da razão pode fazer uso até mesmo desse tipo de competição. Pode-se usá-lo para tecer a trama conceitual de uma sociedade mais justa, melhor e mais livre. Se a filosofia pode ser, na melhor das hipóteses, somente o que Hegel chamou de "seu tempo compreendido em pensamento", ainda, isso poderia ser o suficiente. Pois então, pela compreensão de um tempo, poder-se-ia fazer o que Karl Marx queria ter feito – mudar o mundo. Assim, mesmo se não houvesse algo como um "entendimento do mundo" no sentido platônico – um entendimento a partir de uma posição externa ao tempo e à história –, talvez ainda houvesse um uso social para meus talentos e para o estudo da filosofia.

Por um bom tempo, após ter lido Hegel, pensava que as duas grandes realizações da espécie à qual eu pertencia foram *Fenomenologia do espírito* e *Em busca do tempo perdido* (o livro que substituiu as orquídeas selvagens, uma vez que troquei Flatbrookville por Chicago). A capacidade de Marcel Proust de tecer interesses intelectuais e sociais esnobes com os espinheiros ao redor de Combray, com o amor abnegado de sua avó, com Odette abraçada a Swann, e Jupien a Charlus, como orquídeas, e com tudo mais que ele encontrasse, para dar-lhes o que era preciso sem sentir a necessidade de juntá-los com o auxílio de uma fé religiosa ou de uma teoria filosófica – pareceu-me tão surpreendente quanto a capacidade de Hegel de mergulhar sucessivamente no empirismo, na tragédia grega, no estoicismo, no cristianismo e na física newtoniana, e emergir de cada uma delas, pronto e ávido para alguma coisa completamente diferente. Era o regozijante compromisso com a irredutível temporalidade que Hegel e Proust compartilhavam – o elemento especificamente antiplatônico em suas obras – que parecia tão maravilhoso. Ambos pareciam capazes de tecer todas as coisas que encontravam em uma narrativa sem solicitar uma moral para tal narrativa, e sem perguntar como a narrativa apareceria sob o aspecto de eternidade.

Cerca de vinte anos após ter concluído que a motivação do jovem Hegel de deixar de tentar alcançar a eternidade e apenas ser o filho de seu tempo era a resposta apropriada à desilusão com Platão, percebi-me voltando a Dewey. Ele agora me parecia um filósofo que havia aprendido tudo o que Hegel tinha para ensinar sobre como evitar certeza e eternidade, e, ao mesmo tempo, imunizar-se contra o panteísmo levando Charles Darwin a sério. Essa redescoberta de Dewey coincidiu com meu primeiro encontro com Derrida (que devo a Jonathan Arac, meu colega em Princeton). Derrida levou-me de volta a Heidegger, e eu estava impressionado pelas semelhanças entre as críticas de Dewey, Ludwig Wittgenstein e Heidegger ao cartesianismo. Repentinamente as coisas começaram a se encaixar. Eu achava que havia um modo de fundir uma crítica da tradição cartesiana com o historicismo quase hegeliano de Michael Foucault, Ian Hacking e Alasdair MacIntyre. Eu achava que podia combinar tudo isso em uma narrativa quase heideggeriana sobre as tensões internas do platonismo.

O resultado dessa pequena epifania foi um livro chamado *A filosofia e o espelho da natureza*. Embora não apreciado pela maioria de meus colegas professores de filosofia, esse livro fez sucesso entre não filósofos, o suficiente para me dar a autoconfiança que me havia faltado. Mas *A filosofia e o espelho da natureza* não fez muito por minhas ambições adolescentes. Os tópicos ali tratados – o problema mente-corpo, as controvérsias da filosofia da linguagem sobre verdade e significado, a filosofia kuhniana da ciência – estavam bem distantes de Trotsky e das orquídeas. Eu havia feito as pazes com Dewey; articulado meu historicismo antiplatônico; finalmente compreendido o que eu pensava sobre a direção e o valor dos movimentos atuais em filosofia analítica; classificado a maioria dos filósofos que li. Mas não havia falado de nenhuma das questões que me persuadiram a começar a ler filósofos em primeiro lugar. Eu estava longe da visão unificada, que, trinta anos antes, tinha me levado à universidade.

Enquanto eu tentava compreender o que havia saído errado, pouco a pouco concluí que a idéia toda de captar realidade e justiça em uma única visão havia sido um engano – que a posse de tal visão havia sido precisamente o que conduziu Platão ao caminho errado. Mais especificamente, concluí que somente a religião – somente uma fé não argumentativa em um pai adotivo que, diferentemente de qualquer pai verdadeiro, incorpora amor, poder e justiça em igual medida – poderia fazer o truque que Platão queria que fosse feito. Uma vez que eu não podia imaginar tornar-me um religioso, e com certeza havia me tornado cada vez mais ruidosamente um secularista, concluí que a esperança de alcançar uma visão unificada, tornando-me um filósofo, havia sido uma saída ateísta, um ateísmo que não queria se reconhecer como tal. Assim, decidi escrever um livro sobre que vida intelectual poderia ser levada se fosse possível a alguém abandonar a tentativa platônica de apreender realidade e justiça em uma visão única.

Esse livro – *Contingency, irony and solidarity* – argumenta que não há necessidade de tecer em uma mesma trama os equivalentes para outra pessoa do meu Trotsky e de minhas orquídeas selvagens. Antes, dever-se-ia tentar renunciar à tentação de amarrar as responsabilidades morais em relação a outras pessoas com as relações idiossincráticas a quaisquer coisas ou pessoas amadas com todo o coração, alma e mente (ou, se quiser, as coisas ou as pessoas com as quais se está obcecado). Os dois desejos, para alguns, coincidem – como acontece com aqueles cristãos sortudos, para os quais o amor de Deus e dos outros seres humanos são inseparáveis, ou para aqueles revolucionários que não são movidos por outra coisa, salvo a idéia de justiça social. Mas eles não precisam coincidir, e não se deveria tentar, tão duramente, torná-los articulados. Assim, por exemplo, Jean-Paul Sartre pareceu-me correto quando denunciou o auto-engano de Immanuel Kant na busca da certeza, mas errado quando denunciou Proust como um burguês débil e inútil, um homem cuja vida e escritos eram igualmente irrelevantes para a única coisa que verdadeiramente importava, a luta para superar o capitalismo.

A vida e a obra de Proust foram, de fato, irrelevantes para tal luta. Mas essa é uma razão tola para descartar Proust. É um caminho tão errado quanto aquele que levou Savonarola ao desprezo pelas obras de arte, as quais ele chamava de 'trivialidades'. A determinação desse tipo de busca de pureza de coração, sartriana ou savonaroliana – a tentativa de determinar algo – deteriorou-se. É a tentativa de ver a si mesmo como uma encarnação de alguma coisa maior (o Movimento, a Razão, o Bem, o Divino), não aceitando a própria finitude. Esta, entre outras coisas, significa aceitar que o que mais lhe importa pode muito bem ser de pouca importância para a maioria das pessoas. O equivalente das minhas orquídeas para outra pessoa pode sempre parecer simplesmente esquisito, idiossincrático para quase todas as outras pessoas, mas isso não é razão para menosprezar, nem descartar seus momentos wordsworthinianos, seu amante, sua família, seu bicho de estimação, seus versos preferidos ou sua fé religiosa um tanto fora de moda nem sentir vergonha deles. Nada há de sagrado sobre universalidade que torne o compartilhado automaticamente melhor do que o que não o é. Não há nenhum privilégio automático daquilo com que se pode conseguir a concordância de todos (o universal) em detrimento daquilo com que não se pode conseguir tal concordância (o idiossincrático).

Isso significa que o fato de se ter obrigações para com outras pessoas (não ser cruel com elas, aliar-se a elas para destronar tiranos, alimentá-las quando estão famintas) não implica que o que se compartilha com outras pessoas é mais importante do que qualquer outra coisa. O que se compartilha com outros, quando se está consciente de tal obrigação moral, não é, como argumento em *Contingency*, 'racionalidade' ou 'natureza humana' ou 'a paternidade divina' ou 'o conhecimento da Lei Moral', ou qualquer outra coisa além da capacidade de sentir compaixão em relação à dor de outros. Não há razão específica para esperar que a sensibilidade à dor e o amor idiossincrático devam se acomodar no interior de uma grande explicação global de como todas as coisas se articulam logicamente. Não há, em resumo, uma grande razão para esperar pelo tipo de visão única que eu esperava alcançar ao ingressar na faculdade.

Eis aí como cheguei às perspectivas que mantenho atualmente. Como disse antes, a maioria das pessoas acha essas perspectivas repulsivas. Meu livro *Contingency* mereceu algumas boas resenhas, mas estas foram amplamente desclassificadas por resenhas que disseram que o livro era frívolo, confuso e irresponsável. A essência das críticas que recebo tanto da direita quanto da esquerda é bastante semelhante à crítica lançada contra Dewey pelos tomistas, straussianos e marxistas lá pelos anos 1930 e 1940. Dewey pensava, como agora penso, que não havia algo maior, mais permanente e confiável por trás do nosso sentido de obrigação moral em relação àqueles em sofrimento do que certo fenômeno histórico contingente – a disseminação gradual do sentimento de que a dor dos outros importa, independentemente de eles serem ou não da mesma família, tribo, cor, religião, nação ou de terem a sua própria inteligência. Essa idéia, Dewey pensava, não pode ser mostrada como verdadeira pela ciência, ou pela religião ou pela filosofia – ao menos se 'mostrada como verdadeira' queira dizer 'capaz de ser feita evidente para qualquer um independentemente de contexto'. Ela somente pode ser evidenciada àqueles para quem não é tarde demais para ser aculturados em nossas próprias formas de vida historicamente contingentes, tardias e particulares.

Tal afirmação deweyana implica um quadro dos seres humanos como filhos de seu tempo e lugar, sem quaisquer limites metafísicos ou biológicos significantes sobre sua plasticidade. Isso significa que um senso de obrigação moral é uma questão de condicionamento mais do que de *insight*. Também implica que a noção de *insight* (em qualquer área, tanto em física quanto em ética) como um vislumbre do que está *lá*, separado de quaisquer necessidades e desejos humanos, não pode ser tornada coerente. Nas palavras de William James, o "rastro da serpente humana está sobre tudo". Mais especificamente, nossa consciência e nosso gosto estético são, igualmente, produtos do ambiente cultural no qual crescemos. Nós, tipos liberais e humanitários decentes (representativos da comunidade moral da qual tanto meus críticos quanto eu pertencemos), somos simplesmente mais felizes, não mais perspicazes, do que os cruéis contra quem lutamos.

Essa perspectiva é, não raro, referida desdenhosamente como 'relativismo cultural'. Mas ela não é relativista, se relativismo significar que toda perspectiva moral é tão boa quanto qualquer outra. *Nossa* perspectiva moral é, acredito firmemente, muito melhor do que qualquer perspectiva concorrente, ainda que existam muitas pessoas que nunca serão capazes de se converter a ela. Uma coisa é dizer, falsamente, que nada há para escolher entre nós e os nazistas. Outra coisa é dizer, corretamente, que não há base comum neutra a qual um filósofo nazista experiente e eu possamos resgatar para dissuadir nossas diferenças. Esse nazista e eu sempre estaremos nos fustigando enquanto evocamos todas as questões cruciais, argüindo em círculos.

Sócrates e Platão sugeriram que, se nós tentássemos de modo suficientemente insistente, deveríamos encontrar crenças que *todos* achariam intuitivamente plausíveis, e que entre essas estariam as crenças morais cujas implicações, quando claramente percebidas, nos tornariam tanto virtuosos quanto versados. Para pensadores como Allan Bloom (do lado straussiano) e Terry Eagleton (do lado marxista), *deve* haver, exatamente, tais crenças – pivôs fixos que determinam a resposta para a questão: que alternativa moral ou política é *objetivamente* válida? Para pragmatistas deweyanos como eu, história e antropologia são suficientes para mostrar que não há pivôs fixos e que a busca por objetividade é uma questão de alcançar tantas concordâncias intersubjetivas quanto possível.

Não ocorreu muita mudança em debates filosóficos sobre se a objetividade é mais do que intersubjetividade desde o tempo em que entrei na faculdade – ou, nesse sentido, desde o tempo em que Hegel entrou para o seminário. Atualmente, nós, filósofos, conversamos sobre 'linguagem moral', em vez de 'experiência moral' e sobre 'teorias contextualistas da referência' antes que sobre 'a relação entre sujeito e objeto'. Mas isso é apenas o que se vê na superfície. Minhas razões para me afastar da concepção antideweyana, na qual eu estava embebido em Chicago, são quase as mesmas razões pelas quais Dewey havia se afastado do cristianismo evangélico e do panteísmo neo-hegeliano que ele abraçara quando tinha cerca de 20 anos. Elas são, também, quase as razões que levaram Hegel a se afastar de Kant e a concluir que, para se acreditar em Deus e na Lei Moral, estes tinham de ser temporalizados e historicizados. Não acho que tenho mais perspicácia nesses debates sobre nossas necessidades por 'absolutos' do que aos 20 anos, a despeito de todos os livros que li e argumentos que eu tenha tido em todos esses quarenta anos de intervenções. Todos esses anos de leitura e argumentação serviram para explicar minha desilusão com Platão – minha convicção de que a filosofia não era de nenhuma ajuda para lidar com nazistas e outros cruéis – em particular, e com uma variedade de diferentes audiências.

No momento há duas guerras culturais sendo travadas nos Estados Unidos. A primeira é a descrita em detalhes por meu colega James Davison Hunter no seu abrangente e informativo *Culture wars: the struggle to define America*. Essa guerra – entre as pessoas que Hunter chama de 'progressistas' e aquelas que ele chama de 'ortodoxas' – é importante. Ela decidirá se nosso país continuará na trajetória definida pela Declaração dos Direitos, pelas Reconstruction Amendments, pela construção de faculdades federais, pelo sufrágio feminino, pelo New Deal, por *Brown v. Board of Education*, pela construção de faculdades comunitárias, pela legislação dos direitos civis de Lyndon Johnson, pelo movimento feminista e pelo movimento pelos direitos de homossexuais. Continuar nessa trajetória significaria que a América continuaria a dar exemplo de ampliação da tolerância e da igualdade. Mas pode ser que essa trajetória apenas continue enquanto a média real de rendimentos dos norte-americanos aumentar. Assim, 1973 pode ter sido o começo do fim: o fim tanto das expectativas de crescimento econômico quanto do consenso político surgido a partir do New Deal. O futuro da política norte-americana pode ser exatamente uma série de variações cada vez mais escandalosas e bem-sucedidas de casos como o de Willie Horton. *It can't happen here*, de Sinclair Lewis, pode se tornar um cenário amplamente plausível. Diferentemente de Hunter, eu não sinto qualquer necessidade de ser judicioso e equilibrado na minha atitude em relação aos dois lados nesse primeiro tipo da guerra de cultura. Considero os 'ortodoxos' (as pessoas que pensam que promovem valores da família tradicional expulsando os gays do exército) como as mesmas pessoas honestas, decentes, convencionais e desastrosas que votaram em Hitler em 1933. Vejo os 'progressistas' como definindo a única América com a qual me importo.

A segunda guerra cultural está sendo travada em revistas como *Critical Inquiry* e *Salmagundi*, revistas com assinaturas caras e baixa circulação. Elas circulam entre aqueles que vêem a sociedade liberal moderna como fatalmente defeituosa (as pessoas facilmente agrupadas como 'pós-modernistas') e os típicos professores democratas de esquerda, como eu mesmo, pessoas que vêem nossa sociedade como uma em que a tecnologia e as instituições democráticas podem, com sorte, colaborar para ampliar a igualdade e diminuir o sofrimento. Tal guerra não é muito importante. A despeito dos colunistas conservadores, que fingem ver com alarme uma vasta conspiração (incluindo tanto pós-modernistas quanto pragmatistas) para politizar as humanidades e corromper a juventude, essa guerra é apenas uma disputa muito pequena dentro do que Hunter chama de as fileiras dos 'progressistas'.

As pessoas do lado pós-modernista da disputa tendem a compartilhar a perspectiva de Noam Chomsky de que os Estados Unidos são governados por uma elite corrupta cujo objetivo é enriquecer a si mesma por meio do empobrecimento do Terceiro Mundo. Dessa perspectiva, nosso país está mais para um país que sempre foi um tanto fascista do que um país em perigo de deslizar para o fascismo. Essas pessoas geralmente pensam que nada mudará, a menos que nos livremos do 'humanismo', 'individualismo liberal' e 'tecnologismo'. Pessoas como eu não vêem nada de errado com qualquer um desses -ismos, nem com a herança moral e política do Iluminismo – com o mínimo denominador comum de Mill e Marx, Trotsky e Whitman, Willian James e Václav Havel. Tipicamente, nós, deweyanos, somos sentimentalmente patrióticos em relação à América – aceitamos que ela possa deslizar no fascismo a qualquer momento, mas temos orgulho de seu passado e estamos cautelosamente esperançosos em relação ao seu futuro.

A maioria das pessoas do meu lado nessa diminuta e sofisticada segunda guerra cultural têm, à luz da história das empresas nacionalizadas e do planejamento centralizado na Europa central e do leste, abandonado o socialismo. Temos aceitado que o *Welfare State* capitalista é o melhor que podemos esperar. A maioria de nós que fomos educados no trotskismo agora se sente forçada a admitir que Lenin e Trotsky causaram mais danos do que benefícios, e que Kerensky foi injustiçado pela visão propagada a seu respeito nesses últimos setenta anos. Mas nós nos consideramos ainda fiéis a tudo o que foi bom no movimento socialista. Aqueles do outro lado, contudo, ainda insistem que nada mudará, a menos que ocorra algum tipo de revolução total. 'Pós-modernistas' que se consideram pós-marxistas ainda querem preservar o tipo de pureza de coração que Lenin temia perder se ouvisse Beethoven demais.

Sou descrente tanto em relação à posição dos 'ortodoxos' na guerra importante quanto em relação à posição dos pós-modernistas na guerra menos importante, porque acho que os 'pós-modernos' são filosoficamente certos, embora sejam politicamente tolos, e que os 'ortodoxos' são filosoficamente errados tanto quanto politicamente perigosos. Diferentemente de ambos, não acho que se pode dizer muito sobre o valor da concepção de um filósofo a respeito de tópicos como verdade, objetividade e possibilidade de uma única visão ao descobrir a política de tal filósofo ou a irrelevância de sua posição filosófica para a política. Assim, não penso que conta a favor da perspectiva pragmática de Dewey sobre a verdade o fato de ele ter sido um fervoroso social-democrata, nem conta contra a crítica das noções platônicas de objetividade de Heidegger o fato de ele ter sido um nazista, nem contra a perspectiva do significado lingüístico de Derrida o fato de seu mais influente aliado norte-americano, Paul de Man, ter escrito alguns artigos anti-semíticos quando jovem. A idéia de que se pode avaliar a perspectiva filosófica de um escritor pela referência à sua utilidade política me parece uma versão da má idéia platônica-straussiana de que não podemos ter justiça até que os filósofos se tornem reis ou reis-filósofos.

Ambos, os ortodoxos e os pós-modernos, ainda querem uma conexão estreita entre a posição política das pessoas e suas perspectivas teóricas em um sentido amplo (perspectivas teológicas, metafísicas, epistemológicas e metafilosóficas). Alguns pós-modernistas que inicialmente tomaram meu entusiasmo por Derrida como indicação de que eu deveria estar de seu lado político decidiram, após descobrir que minha política era mais ou menos aquela de Hubert Humphrey, que eu havia me vendido. Os ortodoxos tendem a achar que pessoas, como os pós-modernistas e eu, que não acreditam em Deus nem em algum substituto adequado deveriam pensar que tudo é permitido, que todos podem fazer o que quiserem. Assim, eles nos dizem que somos inconsistentes ou que nos iludimos ao apresentar nossas concepções morais ou políticas.

Tomo essa quase unanimidade entre meus críticos para mostrar que a maioria das pessoas – mesmo muitas das confessadamente pós-modernistas emancipadas – ainda anseia por algo como aquilo que eu queria aos 15 anos: um modo de apreender realidade e justiça em uma visão única. Mais especificamente, elas querem unir seu senso de responsabilidade moral e política com uma apreensão das determinações últimas de nosso destino. Elas querem ver amor, poder e justiça unidos profundamente na natureza das coisas, ou na alma humana, ou na estrutura da linguagem, ou em *algum lugar*. Elas querem algum tipo de garantia de que sua acuidade intelectual e aqueles momentos especiais de êxtase, os quais aquela acuidade algumas vezes proporciona, são de alguma relevância para suas convicções morais. Elas ainda pensam que virtude e conhecimento estão ligados de algum modo – que estar certo sobre questões filosóficas é importante para a ação correta. Penso que isso é importante somente ocasional e casualmente.

Não quero, contudo, afirmar que a filosofia é socialmente inútil. Se não houvesse Platão, os cristãos teriam tido mais dificuldade em vender a idéia de que tudo o que Deus verdadeiramente queria de nós era o amor fraternal. Não houvesse Kant, e o século XIX teria sido uma época mais difícil para a reconciliação da ética cristã com a história de Darwin sobre a origem do homem. Se não houvesse Darwin, teria sido bem mais difícil para Whitman e Dewey desprender os norte-americanos da crença de que eles eram o povo escolhido de Deus, e fazê-los andar sobre suas próprias pernas. Não houvesse Dewey e Sidney Hook, os intelectuais de esquerda norte-americanos dos anos 1930 teriam sido intimidados pelos marxistas, como ocorreu com seus pares na França e na América Latina. Idéias certamente têm conseqüências.

Mas o fato de que idéias têm conseqüências não significa que nós, filósofos, especialistas em idéias, estamos em uma posição-chave. Não estamos aqui para fornecer princípios ou fundamentos ou diagnósticos teóricos profundos, ou uma visão sinóptica. Quando me perguntam (como freqüentemente ocorre) sobre qual é para mim a 'missão' ou a 'tarefa' da filosofia contemporânea, eu me intimido. O melhor que posso fazer é balbuciar que nós, professores de filosofia, somos pessoas que temos certa familiaridade com determinada tradição intelectual, como os químicos têm certa familiaridade com o que ocorre quando se misturam várias substâncias. Nós podemos oferecer algum conselho sobre o que ocorrerá quando se tentar combinar ou separar certas idéias, baseados em nosso conhecimento de resultados de experimentos passados. Dessa forma podemos ser capazes de ajudar alguém a compreender seu próprio tempo em pensamento. Mas nós não somos pessoas para se requisitar, se o que se quer é a confirmação de que as coisas que se ama de todo o coração são centrais para a estrutura do universo, ou que o sentido de responsabilidade moral é 'racional e objetivo' mas que são 'apenas' resultado de como uma pessoa foi criada.

Há ainda, segundo C. S. Peirce, "lojas de lixo filosófico em toda esquina" que *fornecerão* essa confirmação. Mas há um preço. Para pagar o preço, é preciso dar as costas à história intelectual e ao que Milan Kundera chama "o reino imaginativo fascinante onde não há proprietários da verdade e todos têm o direito de ser compreendidos: a sabedoria do romance". Arrisca-se perder o sentido de finitude e de tolerância que resultam da percepção da existência de inúmeras visões sinópticas e de quão pouco as discussões podem ajudar na escolha entre elas. A despeito da minha relativa precoce desilusão com o platonismo, sou bem feliz por ter passado todos aqueles anos lendo livros de filosofia, pois aprendi alguma coisa que ainda parece muito importante: desconfiar do esnobismo intelectual que originalmente me levou a lê-los. Se eu não tivesse lido todos aqueles livros, nunca poderia ter sido capaz de parar de procurar por aquilo que Derrida chama de "uma presença completa para além do alcance de qualquer ato", uma visão sinóptica luminosa autojustificada e auto-suficiente.

Mas agora estou bem certo de que procurar tal presença e tal visão é má idéia. O problema principal é que se pode ter sucesso nisso, e o sucesso pode conduzir a se imaginar que se tem algo mais para se confiar do que a tolerância e a decência dos seres humanos, nossos semelhantes. A comunidade democrática sonhada por Dewey é uma comunidade na qual não há quem imagine isso. Ela é uma comunidade em que todos acreditam que é a solidariedade humana, antes do conhecimento de algo não meramente humano, que realmente importa. As aproximações, realmente existentes, dessa comunidade completamente democrática e secular me parecem agora as grandes realizações de nossa espécie. Comparando-se, mesmo os livros de Hegel e Proust me parecem opcionais vistosos, como orquídeas.

O fim do leninismo, Havel e esperança social

No início de seu *New reflections on the revolution of our time*, Ernesto Laclau diz:

> O ciclo de eventos que se abriu com a Revolução Russa está definitivamente encerrado (...) como força de irradiação no imaginário coletivo da esquerda internacional (...) O cadáver do leninismo, desnudado de todas as vestimentas de poder, revela sua realidade patética e deplorável[1].

Concordo com Laclau e tenho a esperança de que os intelectuais venham a usar da morte do leninismo como uma ocasião para se livrarem da idéia de que eles sabem, ou deveriam saber, algo mais profundo, algo como forças subjacentes – forças que determinam os destinos das comunidades humanas.

Nós, intelectuais, temos requisitado esse conhecimento desde o início. Desde então, afirmamos saber que a justiça não poderia reinar até que os reis se tornassem filósofos, ou os filósofos se tornassem reis; afirmamos saber disso com base em uma inspeção investigativa da alma humana. Mais recentemente, afirmamos saber que a

---

1. Ernesto Laclau, *New reflections on the revolution of our time* (Londres, Verso, 1990), p. ix.

justiça não reinará até que o capitalismo seja superado e a cultura, desmercadorizada; afirmamos saber disso com base em uma captação da forma e do movimento da História. Gostaria que tivéssemos alcançado uma época em que pudéssemos finalmente nos livrar da convicção comum a Platão e Marx de que *deve* haver maneiras teóricas amplas de achar como pôr fim à injustiça, como oposto a maneiras experimentais e humildes.

Laclau e Chantal Mouffe, em *Hegemony and socialist strategy*, que suscitou grande discussão, sugerem que a esquerda terá de se conformar com a social-democracia. Alan Ryan propõe que o melhor que podemos esperar é "um tipo de capitalismo-de-bem-estar-com-face-humana, não muito fácil de distinguir de 'socialismo' com um grande papel para o capital privado e para os empresários individuais"[2]. Como concordo com essas sugestões, penso que há de chegar a época de abandonar os termos 'capitalismo' e 'socialismo' do vocabulário político da esquerda. Seria uma boa idéia parar de falar sobre 'a luta anticapitalista' e substituí-la por alguma coisa banal e não teórica – algo como "a luta contra a miséria humana evitável". De modo mais geral, minha esperança é que possamos banalizar o vocabulário inteiro de deliberação política da esquerda. Sugiro que comecemos a falar de cobiça e egoísmo, em vez de ideologia burguesa; de ondas de fome e desemprego, em vez de mercadorização do trabalho, de diferenças de gastos por aluno em escolas e acesso diferencial à saúde em vez de divisão da sociedade em classes.

Como uma razão para essa banalização, eu citaria a tese de Laclau de que "a transformação do pensamento – de Nietzsche a Heidegger, do pragmatismo a Wittgenstein – minou decisivamente o essencialismo filosófico", e essa transformação nos capacita a "reformular a posição materialista de um modo muito mais radical do

---

2. Alan Ryan, 'Socialism for the nineties', *Dissent*, n.º 37 (outono de 1990), p. 442.

que foi possível para Marx"[3]. Penso que o melhor modo de ser mais radicalmente materialista que Marx é desmontar a deliberação política da esquerda do romance hegeliano. Deveríamos parar de usar 'História' como o nome de um objeto em torno do qual tecemos nossas fantasias de diminuição da miséria. Deveríamos conceder a Francis Fukuyama (em seu famoso ensaio *O fim da história*)[4] que, se ainda se anseia por uma revolução total, pelo Radicalmente Outro em uma escala histórico-mundial, os eventos de 1989 mostram que estamos sem sorte. Fukuyama sugeriu e, eu concordo, que não há mais projeto romântico para a esquerda além do de tentar criar *Welfare States* democrático-burgueses e equalizar as oportunidades de vida entre os cidadãos desses Estados por meio da redistribuição do excedente através de economias de mercado.

Fukuyama, contudo, nada vê adiante para nós, intelectuais, exceto tédio, uma vez que admitimos que os *Welfare States* democrático-burgueses são a melhor organização política que podemos imaginar. Ele acredita que o fim da política romântica terá o mesmo efeito amortecedor sobre nosso imaginário coletivo que teria ocorrido com Platão, quando da aceitação de que as instituições atenienses contemporâneas a ele eram o melhor que se podia imaginar. Como um seguidor de Strauss e Alexandre Kojève, Fukuyama lastima esse amortecimento. Na tradição intelectual a qual pertence, filosofia política é filosofia primeira. A política utópica, tipo de política cujo paradigma é *A República* de Platão, é a raiz do pensamento filosófico.

Em uma perspectiva straussiana, a esperança de criar uma sociedade cujo herói seja Sócrates, em vez de Aquiles ou Temístocles, está na origem do que Heidegger chama de a 'metafísica ocidental'. Assim, amortecer a política romântica é empobrecer nossa vida in-

---

3. Ernesto Laclau, op. cit., p. 112.
4. Francis Fukuyama, *The end of history and the last man* (Nova York, Free Press, 1992). [Ed. bras. *O fim da história e o último homem* (trad. de Aulyde Rodrigues, Rio de Janeiro, Rocco, 1992).]

telectual e, talvez, torná-la impossível. Straussianos tendem a concordar com heideggerianos que o fim da metafísica significa o início de um deserto niilista, um deserto em que a liberdade e a felicidade burguesas podem se tornar universais, mas no qual não haveria leitores apreciadores de Platão. Eles tendem a concordar com Kojève que, se abandonamos "o *ideal* platônico-hegeliano do Homem Sábio", se "negamos que o valor supremo está contido na Autoconsciência", então "tiramos o significado de todo discurso humano, seja ele qual for"[5].

Em profundo desacordo com Kojève, eu diria que a marca registrada do romance Platão-Hegel-Marx-Heidegger, o romance da história do mundo, é algo sem o qual a vida intelectual e a política de esquerda estariam, agora, bem melhor – esse romance é uma hierarquia que deveríamos, agora, jogar fora. Desconfio do modo pelo qual Kojève deixa sua imaginação ser dominada pela parte da dialética do senhor e do escravo da *Fenomenologia* de Hegel – e, em particular, pela passagem que sugere que a completa seriedade moral, e talvez a completa consciência intelectual, só é possível para aqueles engajados em uma luta de vida e morte. O uso de Kojève dessa passagem agrupa a abordagem de Hegel da história como narrativa da ampliação da autoconsciência com o lado mais violento do marxismo, o lado especificamente leninista. Kojève, Strauss, Theodor Adorno, Nietzsche e Heidegger estão ligados a Lenin e Mao por uma sede de erradicação: ou abolir a burguesia como uma classe ou, ao menos, desenraizar a cultura burguesa, a cultura que Nietzsche e Heidegger achavam que transformaria a Europa em um deserto. Essa cultura – a cultura do 'último homem' de Nietzsche – é a contrapartida contemporânea da cultura que levou Sócrates à morte: ambas são culturas para as quais a autoconsciência *não* é a virtude suprema e para

---

5. Alexandre Kojève, *Introduction to the reading of Hegel:* lectures on *The phenomenology of spirit* (trad. de J. H. Nichols Jr., Ithaca, Nova York, Cornell University Press, 1969), p. 91. [Ed. bras. *Introdução à leitura de Hegel* (trad. de Estela dos Santos Abreu, Rio de Janeiro, Contraponto, 2002).]

as quais o ideal platônico-hegeliano de Homem Sábio não é o que mais importa.

Graças ao marxismo, o termo 'cultura burguesa' tornou-se um modo de amalgamar toda e qualquer coisa que os intelectuais desprezam. Chamar esse amálgama por esse nome foi um modo de articular o romance de autocriação de intelectuais com o desejo dos trabalhadores oprimidos de expropriar os expropriadores. Essas articulações ajudam a – nós, intelectuais – nos associarmos com os ideais de democracia e solidariedade humana. Elas nos levam a ter o melhor de ambos os mundos: somos capazes de combinar o tradicional desdém do sábio pela massa com a crença de que a massa burguesa degenerada do presente será substituída por um novo tipo de massa – a classe trabalhadora emancipada.

Mas agora que nós, intelectuais de esquerda, não podemos mais ser leninistas, temos de enfrentar algumas questões que o leninismo nos ajudava a evitar: estamos mais interessados em aliviar a miséria ou em criar um mundo adequado a Sócrates, e então adequado a nós mesmos, intelectuais? O que está por trás do pesar que sentimos quando somos forçados a concluir que os *Welfare States* democrático-burgueses são o melhor que podemos esperar? É a melancolia ao pensar que os pobres nunca conseguirão, ao final, sair da submissão infringida pelos ricos, que a solidariedade de uma comunidade cooperativa nunca será alcançada? Ou é, em vez disso, a melancolia ao pensar que nós, pessoas que se consideram autoconscientes, poderíamos ser irrelevantes para o destino da humanidade? Ou ainda que Platão, Marx e nós mesmos poderíamos apenas ser excêntricos parasitas vivendo do valor excedente de uma sociedade para a qual não temos nada em particular com que contribuir? Nossa sede pelo romance histórico-mundial e pelas teorias profundas sobre as causas profundas de mudança social foi produzida por nosso interesse pelo sofrimento humano? Ou, ao menos em parte, trata-se de uma sede de conseguir um papel importante para nós mesmos?

Até aqui, tenho sugerido que a preocupação de Fukuyama, como a de Nietzsche e Kojève antes dele, não é sobre o fim da história, mas sobre o fim da filosofia da história e, então, do romance da história. O que o incomoda é o enfraquecimento de nossa capacidade de usar a História como algo com o qual nós, intelectuais, possamos embalar nossas fantasias. Essa capacidade tem sido, de fato, diminuída. Para citar Laclau novamente: "Se 'o fim da história' é entendido como o fim de um objeto captável conceitualmente, que envolve o todo do real em sua espacialidade diacrônica, *estamos* claramente no fim da 'história'"[6]. Mas, se *isso* é o que queremos dizer, então seria melhor afirmar que o que acabou foi nossa convicção de que há algum objeto – a alma humana, a vontade de Deus, o processo evolutivo, a História ou a Linguagem, por exemplo – uma abordagem conceitual melhor que ampliará nossa chance de fazer a coisa certa.

A tentativa de Laclau de ser mais radicalmente materialista do que Marx o leva a dizer que a perda da convicção nos conduz ao "início da história, o ponto no qual a historicidade finalmente alcança completo reconhecimento"[7]. Concordo, mas penso que reconhecer a completa historicidade significaria aderir a pequenas maneiras experimentais de aliviar a miséria e superar a injustiça. Significaria manter em mente, firmemente, a distinção entre a política real de esquerda – isto é, iniciativas para a redução da miséria humana – e a política cultural. Significaria ficar satisfeito ao ser concreto e banal ao falar sobre política real, não importando quão abstrato, hiperbólico, transgressivo e brincalhão nos tornamos quando nos voltamos, para relaxar, para a política cultural.

Muitas fantasias podem sustentar-se sem precisar ser revestidas por um objeto conceitualmente compreensível. Há fantasias caseiras, familiares, compartilhadas por aqueles com e sem formação

---

6. Ernesto Laclau, op. cit., p. 83 (grifos meus).
7. Ibid., p. 84.

universitária, por nós, intelectuais de classe média que vivemos nas universidades européias e norte-americanas, e por pessoas que vivem em favelas na periferia de Lima. São fantasias concretas sobre um futuro em que todos poderão ter trabalho a partir do qual terão alguma satisfação, e pelo qual serão pagos decentemente, em que todos estarão salvos da violência e da humilhação. Nós, intelectuais, desde Platão, temos enriquecido essas fantasias banais, locais, pequenas e concretas com um conjunto de fantasias bem mais amplas, abstratas e sofisticadas. Entre Platão e Hegel, essas foram as fantasias que se articularam às fantasias concretas e pequenas por meio do acréscimo a elas de uma história sobre as relações dos seres humanos com alguma coisa a-histórica – algo como Deus ou Natureza Humana, ou Natureza da Realidade Cogniscível Cientificamente. Após Hegel, e especialmente após Lenin, trocamos a narrativa sobre a relação dos seres humanos pela História. A própria História, reificada em algo com forma e movimento, tomou o lugar de um poder atemporal. Mas ainda explicamos por que as pequenas fantasias não têm sido realizadas afirmando que isso dependia da obtenção de uma relação mais próxima a algo maior e mais poderoso do que nós mesmos. Dizemos, por exemplo, que nossos esforços até então falharam porque o 'momento histórico certo' ainda não chegou.

Nossa crença em tais explicações nos tem levado, os intelectuais, a sentir que podemos ser úteis aos não intelectuais contando-lhes como eles podem conseguir o que querem, o que teria de ser feito para que algumas das pequenas fantasias que todos nós compartilhamos se tornassem verdadeiras. Tais explicações nos levam a sentir que nossos dons especiais são bons para algo mais do que nos dar prazeres pessoais sofisticados – que esses dons têm utilidade social; eles nos permitem funcionar como uma vanguarda em uma batalha humana universal. Desde Hegel, temos sido capazes de nos ver como quem internaliza o Logos Encarnado, como participando de uma autoconsciência divina cada vez maior, como realização de Deus em si mesmo na história da humanidade. Com Hegel, a 'História do Mundo' tornou-se o nome da indistinção inspiradora produzida pela falsificação das diferenças entre o imaterial e o material, o atemporal e o temporal, o divino e o humano. A versão marxista-leninista dessa indistinção chamada 'História' nos ajudava tanto a superar nosso temor de elitismo quanto a gratificar nossa sede de sangue, ao nos imaginar unidos pelo surgimento das massas – apoiados na tábua de açougueiro da história, altar onde a burguesia seria sacrificada redentoramente.

Como a vejo, a substituição de Hegel de fantasias de salvação individual através do contato com outro mundo vago por fantasias de um fim vago de uma seqüência histórica foi um avanço. Um avanço porque aí se prefigurou um tipo de protopragmatismo. Isso nos ajudou a parar de falar sobre o modo como as coisas deveriam ser – a vontade de Deus, modo da Natureza – e começar a falar sobre o modo como as coisas nunca foram, mas poderiam, com nossa ajuda, tornar-se. Com Hegel, os intelectuais começaram a passar de fantasias de contato com a eternidade a fantasias de construção de um futuro melhor. Hegel nos ajudou a começar a substituir conhecimento por esperança.

Essa substituição não foi, é claro, de modo algum completa em Hegel. Hegel ainda tentou separar a cultura em partes rotuladas de 'Filosofia', 'Arte', 'Ciência Natural' etc., e tentou dar prioridade à filosofia. Em particular, insistiu que havia algo chamado 'o Sistema' ou 'Conhecimento Absoluto' – algo tão grande e tão bem estruturado de forma a eliminar qualquer marca residual. Essa insistência em que poderia haver um objeto de conhecimento completo provocou justificada ridicularização por parte de, entre outros, Søren Kierkegaard, Marx e Dewey. Ninguém, desde a época deles, com a possível exceção de Kojève, tem levado a sério a idéia de que houve algo chamado 'Filosofia' que alcançou sua completude com Hegel. Ao contrário, temos tratado Hegel como uma redução ao absurdo da idéia de conhecimento absoluto, e, assim, temos abandonado o ideal platônico-hegeliano do Homem Sábio. Temos ficado satisfeitos ao dizer o que o próprio Hegel disse uma vez, e que Marx e Dewey disseram de modo consistente: a filosofia não é mais que seu tempo apreendido em pensamento.

Marx continuou a fazer o que Hegel só raramente fazia. Tentou apreender sua época em pensamento, calculando exatamente *como* ela poderia ser melhorada para o benefício de gerações futuras. Ele assumiu o historicismo e o pragmatismo de Hegel mais seriamente do que o próprio Hegel, uma vez que Hegel borrou a distinção entre entendimento do mundo e conhecimento para mudá-lo. Sua sugestão era a de que o mundo poderia ser mudado para melhor por meio da substituição do capitalismo pelo comunismo, e pela substituição da cultura burguesa por novas formas de vida cultural que emergiriam naturalmente da emancipação da classe trabalhadora. Essa sugestão marxista foi o legado principal da obra de Hegel para a imaginação social dos dois séculos passados. Passar do Espírito do Mundo para a classe trabalhadora possibilitou salvar a esperança hegeliana, e a narrativa hegeliana da História como expansão da Liberdade, a partir do Sistema hegeliano.

Essa sugestão, agora, tem de ser abandonada. Os eventos de 1989 convenceram aqueles que ainda tentavam se segurar no marxismo de que precisamos de um modo de apreender nossa época em pensamento, e de que precisamos de um plano para tornar o futuro melhor do que o presente, que agora há de se abandonar a referência ao capitalismo, ao modo de vida burguês, à ideologia burguesa e à classe trabalhadora. Devemos abandonar a distinção marxista tanto quanto Marx e Dewey abandonaram a distinção hegeliana. Não podemos mais usar o termo 'capitalismo' para indicar tanto 'a economia de mercado' quanto a 'fonte de toda injustiça contemporânea'. Não podemos mais tolerar a ambigüidade entre capitalismo como um modo de financiar a produção industrial e capitalismo como a Grande Coisa Má que explica a maior parte da miséria humana contemporânea. Nem podemos usar o termo 'ideologia burguesa' para dizer tanto 'crenças adequadas às sociedades de economia de mercado' quanto 'todas as coisas em nossa linguagem e hábitos de pensamento que, se substituídas, tornariam a felicidade e a liberdade humanas mais facilmente realizáveis'. Nem podemos usar o termo 'classe trabalhadora' para dizer tanto 'aqueles que recebem menor quantia de dinheiro e a menor seguridade nas economias de mercado' quanto 'as pessoas que incorporam a natureza verdadeira dos seres humanos'.

Essas ambigüidades não podem mais parecer toleráveis se há concordância, como é meu caso, com Jürgen Habermas sobre a lição de 1989. Ele assim escreve em seu volume de reflexões sobre os eventos daquele ano, *Die nachholende Revolution*:

> (...) as mudanças revolucionárias que ocorreram sob nossos olhos na época atual contêm uma inequívoca lição: sociedades complexas não podem reproduzir a si mesmas se elas não deixarem intacta a lógica da auto-regulação de uma economia de mercado[8].

O uso dos termos 'capitalismo', 'ideologia burguesa' e 'classe trabalhadora' pela esquerda depende de uma afirmação implícita, a de que podemos fazer *melhor* do que faz uma economia de mercado, de que conhecemos uma alternativa viável para servir de opção para sociedades complexas tecnologicamente orientadas. Mas, ao menos no momento, não conhecemos tal opção. Qualquer programa que a esquerda possa fazer para o século XXI não incluirá a nacionalização dos meios de produção ou a abolição da propriedade privada. Nem é provável que inclua a destecnologização do mundo,

---

8. Jürgen Habermas, *Die nachholende Revolution* (Frankfurt, Suhrkamp, 1990), pp. 196-7.

simplesmente porque ninguém pode pensar em um modo de ir contra os efeitos das velhas e más iniciativas burocrático-tecnológicas, exceto o desenvolvimento de novas e melhores iniciativas burocrático-tecnológicas.

Concordo com Habermas quando ele, continuando, diz que "a esquerda não-comunista não tem razão em ficar deprimida" e que não há motivo para abandonar a esperança pela "emancipação dos seres humanos de menoridade auto-infringida (*selb-stverschuldeter Unmündigkeit*) e condições de existência degradantes"[9]. Mas não imagino quais mecanismos poderiam realizar essa esperança. Por exemplo, quando Alan Ryan diz que "é impossível acreditar que deveríamos abandonar a esperança de planos de ampla envergadura que reduzam gastos e que, de alguma forma, diminuam a irracionalidade da produção e da distribuição", eu gostaria muito de concordar com ele. Mas não me sinto seguro. Não acho hoje que teria um maior conhecimento sobre quais opções permanecem abertas aos planejadores econômicos ou sobre o que pode ou não ser seguramente entregue ao Estado. Detesto a satisfação complacente que admiradores de Ronald Reagan e Margareth Thatcher tiveram diante da derrocada do marxismo e estou aterrorizado com a tendência, entre os intelectuais dos países da Europa central recentemente liberados, de assumir que mercados livres resolvam todos os problemas. Entretanto, essas reações não são o suficiente para me dar alguma percepção clara de como o poder do Estado *deveria* estar relacionado às decisões econômicas. Não acho que estou sozinho nisso, e me refiro ao meu estado de perplexidade como um exemplo do que me parece um desconcerto generalizado entre os intelectuais de esquerda. Não temos qualquer razão para estarmos deprimidos, mas também não temos nenhuma idéia de como sermos úteis.

Uma vez que 'capitalismo' não pode mais funcionar como o nome da fonte da miséria humana, ou 'classe trabalhadora' como

---

9. Ibid., p. 203.

o nome de um poder redentor, necessitamos encontrar novos nomes para essas coisas. Mas, a menos que alguma nova metanarrativa substitua, por fim, aquela do marxismo, teremos de caracterizar a fonte da miséria humana como 'cobiça', 'ódio' e 'egoísmo', de um modo banal e não teórico. Não teremos outro nome para um poder redentor exceto 'sorte'. Falar desse modo vulgar torna difícil para nós, intelectuais, continuar acreditando que nossos dons especiais nos encaixam em posições de vanguarda na luta contra a injustiça. Pois parece não haver algo que saibamos em particular que todos os outros também não saibam. As velhas e amplas fantasias vagas se foram, e ficamos somente com aquelas fantasias pequenas e concretas – aquelas que usávamos para exibir como sintomas da pequena burguesia reformista.

Essa percepção de que não podemos mais funcionar como uma vanguarda é, penso, o que está por trás do sentimento espraiado, mesmo entre os de esquerda que não fazem uso de Strauss e Kojève, de que Fukuyama abordava algo sério. O que ele apreendeu foi a perda de 'História' como um termo que nós, intelectuais, podíamos usar em nossas autodescrições; podíamos usar para nos reassegurarmos de que temos uma função social, que o que fazemos é relevante para a solidariedade humana. Pela invenção de 'História' como o nome de um objeto que poderia ser compreendido conceitualmente, Hegel e Marx tornaram possível manter tanto o romance da história cristã do Logos Encarnado quanto o sentido cristão de solidariedade contra a injustiça, mesmo após nossa perda de fé religiosa. Mas agora temos ou de tecer uma nova metanarrativa que não mencione capitalismo, mas que tenha o mesmo poder dramático e premência quanto a narrativa marxista, ou então temos de abandonar a idéia de que nós, intelectuais, somos notavelmente melhores para apreender nosso tempo em pensamento que nossos concidadãos. Uma vez que não tenho idéia do que fazer no primeiro caso, sugiro que se faça o último.

Quero agora retornar à sentença de Laclau sobre Lenin e a Revolução Bolchevique como tendo, por um longo tempo, irradiado o "imaginário coletivo da esquerda internacional". Nenhum movimento político pode sobreviver por muito tempo sem essa irradiação, irradiação por meio de eventos concretos e personalidades individuais heróicas. Se não existissem Lenin nem a Revolução Bolchevique, se tivéssemos simplesmente de rearranjar a revisão que Marx fez do modo como Hegel tomava em grandes linhas pouco definidas a narrativa sobre o Logos Encarnado, há muito tempo nosso imaginário coletivo teria parado de brilhar. Assim, hoje, temos de nos perguntar: que eventos poderiam substituir a Revolução Bolchevique e que figura poderia substituir Lenin na imaginação das gerações nascidas em torno de 1980, as pessoas que serão estudantes universitários de esquerda no ano 2000? O que poderia iluminar o imaginário coletivo das pessoas de esquerda, que acreditam que a propriedade dos meios de produção pelo Estado deixou de ser uma opção?

Uma resposta plausível a essa questão é: a seqüência de eventos na Tchecoslováquia nos últimos meses de 1989 e a figura de Václav Havel. Não tenho idéia de como aquela revolução seguirá seu curso ou uma boa aposta sobre se o consenso político e moral que arrastou Havel ao poder vai durar. Nem Havel, creio. Uma das coisas mais surpreendentes e novas sobre Havel é que ele admite prazerosamente que não sabe. Havel parece preparado para seguir, o tempo todo, a substituição do *insight* teórico pela esperança não fundamentada. Como ele diz nas entrevistas reunidas sob o título *Disturbing the peace*, "A esperança não é profecia". Ao longo dessas entrevistas, ele enfatiza sua falta de interesse em forças subjacentes, linhas históricas e amplos objetos compreensíveis conceitualmente. A seguinte passagem, descrevendo os eventos de 1967-1969, é característica:

> Quem teria acreditado – quando o regime Novotny estava se esfacelando em virtude de a nação inteira se comportar como Švejks

[Schweiks, como no romance de Jaroslav Hasěk] – que, meio ano depois, essa mesma sociedade mostraria uma genuína mentalidade cívica, e que, um ano mais tarde, essa sociedade recém-desmoralizada, cética e apática se levantaria com tal coragem e inteligência diante de uma potência estrangeira? E quem teria suspeitado que, pouco mais de um ano depois, essa mesma sociedade, tão rápido quanto o vento, sucumbiria de novo a um estado de desmoralização muito mais profundo que o anterior! Após todas essas experiências, é preciso ser bem cuidadoso a respeito de se tirar qualquer conclusão sobre o modo como somos, ou sobre o que se pode esperar de nós[10].

"Nós", aqui, significa "nós, tchecos e eslovacos", mas o que Havel está dizendo funciona como se o tomássemos por "nós, seres humanos"[11].

Lenin não teria concordado com Havel que "temos de ser muito cuidadosos a respeito de se tirar qualquer conclusão sobre o modo como somos, ou sobre o que se pode esperar de nós". O socialismo científico, pensava Lenin, dava-nos os instrumentos para formular prognósticos e demonstrar a verdade deles. Lenin teria suposto a teoria marxista ao menos para olhar o passado, uma vez que talvez não se pudesse fazer prognósticos nem ver a variação de comportamento de tchecos e eslovacos em vários momentos históricos. Contudo, o fim do leninismo nos livrará, com sorte, da expectativa de qualquer coisa como o socialismo científico, qualquer fonte similar de prognóstico teoricamente fundamentado. Ele nos deixa-

---

10. Václav Havel, *Disturbing the peace* (Nova York, Knopf, 1990), p. 109.

11. Podemos colocar a recusa de Havel em prognosticar em um contexto norte-americano perguntando "quem poderia supor que a classe média branca – que aceitou a justiça do fim da segregação no Exército, o reverso da mudança da doutrina igual-mas-separado da Suprema Corte e, enfim, as marchas pela liberdade de Martin Luther King, e a classe média branca que fez de King um herói dos manuais escolares – decidiria agora que é mais importante cortar impostos dos moradores dos bairros nobres do que proteger as crianças dos guetos com a construção de abrigos para elas? Quem pode saber se, daqui a uma década, a mesma classe média não ficará descontente com sua própria avareza e expulsará os patifes que exploraram seu egoísmo?".

rá, espero, somente com o que Martin Jay chama de "socialistas *fin-de-siècle*". Essas são pessoas que acreditam, como Jay diz, que "há trabalho suficiente para ser feito sem ser assombrado pela necessidade de se medir quais sucessos modestos poderiam ser aceitos contra o modelo assustador de uma ordem social completamente redimida e totalizada de modo normativo"[12].

Havel é, no sentido de Jay, um pensador *fin-de-siècle*, mas não um *socialista fin-de-siècle*. A revolução que ele presidiu não teve nenhuma idéia melhor do que a de devolver aos expropriados as propriedades e vender as empresas nacionalizadas para qualquer empresário privado que as queira comprar. Timothy Garton Ash* noticiou que a escolha entre Dubček e Havel para presidente tornou-se clara quando as pessoas em Praga diziam "Dubček é um grande homem, é claro, mas ele é, bem – o que se pode dizer? – ele é, afinal..., um *comunista*". Uma razão pela qual todos nós da esquerda internacional teremos de arrancar de nosso vocabulário termos como 'capitalismo', 'cultura burguesa' (e até 'socialismo')[13] é que nossos amigos na Europa Central e Oriental olharão para nós incredulamente se continuarmos a empregá-los. Quanto mais conversarmos com

---

12. Martin Jay, *Fin-de-siècle*: socialism and others essays (Londres, Routledge, 1988), p. 13. As linhas que cito neste ensaio se devem muito à discussão de Jay sobre 'totalização' neste seu livro e em seu *Marxism and totality* (Berkeley, University of California Press, 1984).

* Historiador britânico e diretor do Centro de Estudos Europeus da Oxford University.

13. No fim de seu *Socialism in America* (San Diego, Harcourt Brace Jovanovich, 1985), Irwin Howe escreve: "Suponha, realmente, que estamos por concluir que o rótulo socialismo cria mais dificuldades do que vale a pena ter; teríamos, então, de buscar um novo vocabulário, algo que não fosse vencido por um decreto. Quanto realmente mudaria se nossas palavras mudassem? Se, digamos, pararmos de chamar a nós mesmos de socialistas e, em vez disso, anunciarmos que daqui em diante seremos conhecidos como – o quê? 'democratas econômicos' ou 'democratas radicais'? A substância de nossos problemas permaneceria, os encargos desse século ainda nos pressionariam. Ainda consideraríamos a sociedade capitalista uma sociedade injusta, ainda acharíamos intoleráveis suas iniquidades, ainda nos seria repulsiva sua ética da ganância e ainda estaríamos esboçando os contornos de uma sociedade melhor" (p. 217).

tchecos, poloneses e húngaros, mais os velhos hábitos terão de ser abandonados. Por exemplo, teremos de parar de lamentar a Guerra Fria, parar de desculpar o stalinismo de pessoas como Sartre e começar a perceber que, para um tcheco, a frase "o romance da União dos Estados Comunistas" soa tão esquisita quanto o "romance da Bund* germano-americana" soa aos judeus.

Parte da razão de o próximo século nos parecer vazio e sem forma é porque nós, intelectuais, crescemos acostumados a pensar a história do mundo em termos escatológicos. Tornamo-nos impacientes com qualquer coisa pequena, descontentes com soluções que são remendos e com substituições temporárias. Nem bem acabamos de ter uma idéia sobre o que poderia ajudar uma criança no gueto nos Estados Unidos e já percebemos que nossa idéia não tem qualquer relevância para uma criança em Uganda. Então, sentimos culpa por não ter uma teoria que englobe as crianças de todo e qualquer lugar. Nem bem temos uma sugestão sobre como minimizar a poluição em Los Angeles, já percebemos sua irrelevância para Calcutá, e então sentimos vergonha de ser etnocêntricos. Parte de nossa herança vinda de Hegel e Lenin é o que nos faz sentir culpa por não termos um projeto planetário sob o qual reunir nossas esperanças locais, por não termos qualquer estratégia *global* de esquerda. Isto é, penso eu, uma razão pela qual nós, de esquerda, nas universidades nos Estados Unidos, agora passamos a maior parte de nosso tempo em filosofia pós-modernista, e sobre o que gostamos de pensar como estudos culturais 'transgressivos' e 'subversivos' antes de deliberar sobre o que poderia revitalizar o Partido Democrata ou sobre como recriar os programas *Head Start*[14].

---

* Rorty mantém o termo alemão *Bund*, ou seja, união, aliança, federação. (N. de T.)

14. Muito do que se apresenta sob o título de "estudos culturais" nas universidades norte-americanas me parece bem descrito pelas palavras de Kenneth Burke (sobre as quais discutiremos depois) usadas para definir Marinetti e o futurismo: "Para alguém que dissesse 'esse mundo moderno está doente', poderíamos

Ultimamente, nos concentramos em política cultural e tentamos nos persuadir de que a política cultural, sobretudo a acadêmica, está conectada à política real. Temos tentado acreditar que perturbar os pais de nossos estudantes cedo ou tarde ajudará na perturbação de instituições injustas. Tanto quanto podemos acreditar, podemos ainda sentir que os dotes que conseguimos de nossos empregos confortáveis em universidades estão sendo usados em favor da solidariedade humana. Podemos escapar, ao menos por enquanto, da suspeita de que estamos apenas usando tais dotes para nosso prazer privado, em benefício de projetos privados de autocriação.

Mas essas manobras são, suspeito, somente modos de postergar as questões levantadas pelos estudantes cujo imaginário coletivo foi irradiado antes por Havel que por Lenin. Essas são as questões sobre o que exatamente *faríamos* se, repentinamente, alcançássemos o poder político *real*: que tipo de utopia tentaríamos criar, e como a iniciaríamos? Espero que possamos aprender a responder a tais questões dizendo que, no momento, não temos uma idéia clara sobre com *o que* se pareceria uma ordem social redimida, que não podemos esboçar qualquer plano fundado para uma comunidade igualitária e cooperativa cuja ponta vislumbramos em nossos sonhos. Não obstante, *podemos* oferecer uma longa lista de leis, acordos internacionais, retificações de fronteiras, decisões judiciais, e o modo como tentaríamos ver tudo isso promulgado.

---

responder: 'mas que exemplo *perfeito* de doença!'. Sua afinidade com as bufonarias de nossa recente escola 'durona' é visível. Poderíamos também notar (pensamento incontrolável!) o aspecto *sentimental* de ambos. Futurismo, assim moldado, poderia fornecer o tipo de consolo mais rudimentar. As ruas eram barulhentas? Poderíamos reagir advogando um culto acrítico do barulho. Poderia haver mau cheiro? Discutiríamos os 'prazeres' do mau cheiro. *Aparentemente* ativo, ele era em essência o mais passivo dos recortes, um método elaborado para se sentir *afirmativo* pela determinação de seguir o fluxo da corrente". Cf. Kenneth Burke, *Attitudes toward history* (Los Altos, Hermes, 1959), p. 33 (reimpressão). Essa descrição do futurismo e da escola 'durona' me parece bem aplicável, por exemplo, a Frederic Jameson em *Postmodernism:* or the cultural logic of late capitalism (Durham, Duke University Press, 1991). [Ed. bras. *Pós-modernismo*: a lógica cultural do capitalismo tardio (trad. de Maria Elisa Cevasco, São Paulo, Ática, 1996).]

Ao ficarmos satisfeitos por dar tal resposta, teremos de conseguir superar nosso temor de sermos chamados de 'reformadores burgueses' ou 'pragmatistas oportunistas' ou 'engenheiros sociais tecnocratas' – nosso temor de nos tornarmos meros 'liberais' em oposição a 'radicais'[15]. Teremos de conseguir passar por cima da esperança por algo que venha a ser o sucessor da teoria marxista, uma teoria geral da opressão que fornecerá um divisor de águas que nos levará a derrubar simultaneamente a injustiça econômica, racial e de gênero. Teremos de abandonar a idéia de 'ideologia', idéia que Havel ridiculariza quando diz que a marca de um bom comunista é a de que "endossa uma ideologia e acredita que alguém que não a endossa deve, portanto, endossar uma outra ideologia"[16]. Isso significará abandonar a afirmação de que sofisticação literária ou filosófica é im-

---

15. Dois amigos que têm criticado minha afirmação de que sou um seguidor leal de Dewey – Richard Bernstein e Thomas McCarthy – citam contra mim a passagem de 'Liberalism and social action', em *The later works of John Dewey* (Carbondale, Southern Illinois University Press, 1987), v. 11, p. 45, em que ele diz que "o liberalismo deve se tornar radical, e por 'radical' se quer apontar para a percepção da necessidade de mudanças profundas na organização de instituições e na atividade correspondente para permitir mudanças (...); as 'reformas' que lidam aqui e acolá com abusos, sem ter um objetivo social baseado em um plano extensivo, diferem inteiramente do esforço em re-formar, em seu sentido literal, o esquema institucional das coisas (...). Se radicalismo é definido como percepção da necessidade de mudanças radicais, então hoje qualquer liberalismo que não seja também radicalismo é irrelevante e inútil".

Interpreto essa passagem pressupondo a afirmação de Dewey, poucas páginas antes, de que "o sistema nomeado como capitalismo é uma manifestação sistemática de desejos e propósitos construídos em uma era de vontade constantemente ameaçada, e que agora atravessa uma era de constante crescimento da abundância potencial". Essa afirmação me parece errada – tanto na sugestão de que conhecemos como substituir o capitalismo por algo melhor quanto na questão da abundância sempre crescente. Penso que Dewey foi ocasionalmente tentado, sobretudo na década de 1930, em assumir que já conhecíamos uma alternativa satisfatória para a economia de mercado e para a propriedade privada. Gostaria que essa pressuposição fosse verdadeira, mas não acho que é. Após 1989, vejo bem menos razão para pensar que a esquerda tenha qualquer "plano extensivo" para "mudanças profundas na organização de instituições". Gostaria, devotamente, que tivéssemos, mas até que eu possa estudar atentamente esse plano continuarei a ver como amáveis exercícios de nostalgia as descrições de Bernstein e McCarthy deles mesmos como 'radicais'.

16. Václav Havel, *Disturbing the peace*, p. 80.

portante pelo fato de preparar para o papel crucial e socialmente indispensável que a história nos tem designado – o papel de 'críticos da ideologia'.

Finalmente, volto ao tópico inicial, isto é, ao abandono da História como substituto temporalizado de Deus ou da Natureza, como um objeto amplo e vago em torno do qual tecemos nossas fantasias concretas locais. Em vez disso, poderíamos ver os registros do passado como Kenneth Burke sugeriu: como uma coleção de casos que nos ajudam a construir o que ele chamou de um 'enquadramento cômico'[17]. Em vez de olhar para a tendência histórico-mundial que nos ajudaria a prognosticar, poderíamos repetir a observação de Burke de que "o futuro é de fato desvelado ao se descobrir o que as pessoas podem cantar sobre ele"[18]. Podemos suplementar essa observação acrescentando, com Havel, que, considerando um determinado ano, provavelmente não seria possível saber quais músicas estarão na boca das pessoas dali a 12 meses.

Em seu livro de 1936, *Attitudes toward history*, Burke diz, no verbete 'Oportunismo':

> Toda situação em história é única, requer sua própria análise ou exame de relevância dos fatores que serão considerados centrais na situação. Os 'cientistas' da história, sem querer, têm nos feito perceber que a determinação do "momento histórico certo" é uma questão de *gosto*[19].

---

17. Kenneth Burke, caracteristicamente, nunca definiu muito bem essa frase. Em *Attitudes toward history* ele diz: "Neste livro (...) falamos muito sobre 'enquadramento cômico'. Temos defendido, sob o nome de 'comedy', um procedimento que poderia muito bem ter sido advogado sob o nome de 'humanismo'. Presumivelmente, selecionamos 'comedy' dado que, por uma razão ou outra, a palavra nos soou melhor. E quando o autor seleciona uma palavra e não outra porque ela 'soou melhor' para ele, sua escolha é guiada por 'matizes' que podem não ser aplicáveis, de toda e qualquer maneira, ao leitor" (p. 237). Entendo que o uso que Burke faz de 'cômico' possui matizes de 'deplorável' em vez de 'divertido'.
18. Ibid., p. 335.
19. Ibid., p. 308.

Em uma seção chamada 'corretivo cômico', ele diz:

> O enquadramento cômico, ao tornar o homem estudioso dele próprio, lhe torna capaz de 'transcender' ocasiões em que foi trapaceado e enganado, uma vez que pode rapidamente colocar esses desapontamentos em sua coluna de 'haveres'* sob o título de experiência (...) Em resumo, o enquadramento cômico deveria capacitar as pessoas a ser observadoras de si mesmas enquanto agem[20].

Burke diz que prefere os enquadramentos cômicos aos trágicos, ainda que o que ele chama de 'exasperações contemporâneas' (pelo qual entendo se referir ao mundo da década de 1930) "nos faz preferir os nomes trágicos (algumas vezes melodramáticos) como 'herói' e 'vilão' aos nomes cômicos como 'enganoso' e 'inteligente'"[21]. Entendo esse seu argumento como se dissesse que deveríamos ver a tábua de açougueiro da história mais pelos olhos do prudente calculador das conseqüências das ações futuras do que pelos olhos do moralista. Deveríamos ver os horrores de nosso século não como pistas de algo profundo em nós mesmos, ou como pistas de nosso destino último, mas como lições instrutivas.

Uma das aplicações da sugestão de Burke para nossas exasperações mais recentes seria ver o que Laclau chama de "o ciclo de eventos abertos com a Revolução Russa" como o que nós, de esquerda, sempre com as melhores das intenções, nos trapaceamos, enganamos e gabamos a nós mesmos embora ganhemos muita experiência útil. Essa atitude nos ajudaria a evitar tanto a autoparabenização por nosso heroísmo quanto a aceitação da perspectiva Reagan-Thatcher de que fomos vilões cruéis ou ingênuos idiotas. Aceitar a sugestão de Burke e, portanto, ver a história recente em um enquadramento 'cô-

---

* Burke usa 'assets' no sentido de bens e haveres que funcionam como trunfo. (N. de T.)

20. Ibid., p. 171.
21. Ibid., pp. 4-5.

mico' mais do que épico ou trágico significaria aproveitar o máximo a morte de milhões de pessoas ao encarar as circunstâncias dessas mortes como instrutivas para evitar mortes futuras. Significaria usar de nossa familiaridade com os vários açougueiros que presidiriam a tábua de carnes da história – pessoas como Adriano e Átila, Napoleão e Stalin, Hitler e Mao – para evitar imitá-los.

Burke desenvolve seu quase idiossincrático, e talvez capcioso, sentido do termo 'comédia' – um sentido que não tem muita relação com o fazer rir – na seguinte passagem:

> A comédia requer o máximo de complexidade de testemunhos*. No plano trágico, o *deus ex machina* está sempre na espreita (...) a comédia lida com *o homem em sociedade*, a tragédia com o *homem cósmico* (...) a comédia é essencialmente *humanitária*, conduzindo em períodos de comparativa estabilidade à comédia de costumes, à dramatização de excentricidades e debilidades. Mas ela não está necessariamente confinada ao drama. O melhor de Bentham, Marx e Veblen é alta comédia[22].

Visto de um ângulo burkeano, a filosofia da história no estilo de Hegel é um dispositivo para lidar com um exposto *minimum* de complexidade de testemunho**. É uma continuação da metafísica por outros meios – uma tentativa de continuar a colocar a humanidade em um contexto *cósmico* mesmo após o cosmos ter sido descoberto como amplamente irrelevante para nossas esperanças. É um modo de promover um curto-circuito na argumentação política rotulando qualquer nova obra de arte ou movimento filosófico ou sugestão política de 'progressista' ou 'reacionária'. As pessoas a quem Burke chama de

---

* 'Complexidade de testemunhos' foi usado em lugar de *forensic complexity* (no original). Um *forensic testimony* ou um *forensic medicine* podem ser usados como testemunhos que trazem detalhes em debates judiciais ou legais. (N. de T.)

22. Ibid., p. 42.

** Cf. Nota de Tradução anterior.

"'cientistas' da história" sugeriram que tudo o que se tinha de fazer era adicionar o novo item como valor de uma variável em um conjunto de equações, calcular o resultado e, portanto, descobrir se a nova sugestão aceleraria ou retardaria o movimento de um grande objeto pálido sobre o qual as teorias dos "cientistas" da história tinham nos dado uma apreensão conceitual sólida.

Se pudéssemos abandonar o propósito dessa pseudociência e parar de usar 'História' como nome de um grande objeto indefinido a respeito do qual as grandes teorias são requisitadas, poderíamos ler Jeremy Bentham, Marx e Veblen – e, atualmente, Foucault – mais como pessoas que nos ajudam a entender como nos enganamos no passado do que como pessoas que nos dizem o que deveríamos fazer no futuro. Eles poderiam ser lidos mais como exibindo as conseqüências inesperadas e dolorosas das tentativas de nossos ancestrais de fazer a coisa certa, do que como explicando a inadequação dos conceitos de nossos ancestrais em relação ao objeto fabuloso e grande que eles e nós tentamos conceber. Lê-los desse modo talvez nos ajudasse a parar de tentar encontrar um sucessor para 'capitalismo' ou 'ideologia burguesa' como o nome para a Fabulosa Coisa Má. Poderíamos, então, parar de tentar achar um sucessor para 'a classe trabalhadora' – por exemplo, 'Diferença' ou 'Diversidade' – como o nome para a última encarnação do Logos. Ler esse registro histórico ao modo de Burke talvez ajudasse a evitar o que Stanley Fish chama de "esperança da teoria antifundacionalista" – a idéia de que o materialismo e o sentido de historicidade mais radicais até mesmo que o desejo de Marx, de algum modo, fornecerá um objeto de uma nova marca, ainda maior, apesar de ainda indistinto – um objeto chamado, talvez, de 'Linguagem' ou 'Discurso' – em torno do qual teceremos nossas fantasias[23].

---

23. Frank Lentricchia, em seu *Criticism and social change* (Chicago, University of Chicago Press, 1983), colocou Burke contra Paul de Man, criticando então a tenta-

Burke me impressiona, em resumo, como tendo o tipo de atitude em relação à história que talvez agradasse a Havel. Eu o vejo como um tipo de anti-Marx, uma contrapartida ao anti-Lenin de Havel. Pois Burke pensa a história como uma coleção de contos admonitórios, mais que uma narrativa dramática coerente. Se adotarmos a concepção de história de Burke, poderemos nos tornar menos admiradores da apocalíptica conversa a respeito de 'crises' e 'fins', menos inclinados à escatologia. Pois não mais imaginaríamos um Logos Encarnado fabuloso e grande chamado 'Humanidade', cujo desdobrar tem de ser interpretado ou como luta heróica ou como declínio trágico. Em vez disso, deveríamos voltar nosso pensamento para as muitas comunidades humanas, bem diferenciadas, do passado, cada uma das quais nos expõe um ou mais contos admonitórios. Alguns desses contos poderiam servir à mudança de uma ou mais comunidades humanas diferentes dos dias de hoje, dependendo de suas diferentes necessidades e opções.

Pensar a história desse modo seria parar de tentar escolher pontos históricos cruciais do mundo, bem como figuras com esse papel; parar de tentar achar eventos históricos que, de algum modo, encapsulam e revelam o todo abrangente da História por meio da esquematização de todo o espectro das possibilidades abertas para a Humanidade. Isso seria aplicar à crítica social o que Burke disse da crítica literária:

> As obras variam em seu espectro e abrangência. O caráter de um homem é um, mas seu temperamento é outro. Estamos simplesmente

---

tiva de Man de tornar 'Linguagem' o nome de um novo objeto do tipo que descrevo. Concordo com os pontos principais do que Lentricchia diz sobre o valor relativo da obra de Burke e Man, e tenho feito alguns apontamentos similares em meu 'Desconstruction' (cf. v. 8 de *The Cambrige history of literary criticism*, Cambridge, Cambridge University Press, 1995). Em particular, concordo com Lentricchia em que "uma das grandes coisas sobre Burke é que ele já sabia as verdades sobre Man" (*Criticism*, p. 51), uma declaração confirmada pelo nietzschianismo de Burke sobre conceitos como metáforas mortas em *Attitudes*, pp. 2, 229.

indicando que, ao agrupar as partes, descontando cada categoria poética de acordo com sua natureza, elas parecem se aproximar bastante da comédia. O que poderia ser um modo indireto de dizer: qualquer que seja a poesia, a crítica terá sido melhor se for de comédia[24].

Há poucos anos, Havel e os signatários da Carta 77* brindaram com um novo exemplo de poesia social, a poesia social da esperança. Esse exemplo torna claro que tal esperança pode existir e pode algumas vezes até mesmo ser realizada, sem respaldo de uma filosofia da história e sem estar localizada no contexto de um épico ou de uma tragédia cujo herói seja a Humanidade. O modo com que Burke pensa a crítica social – como comparação e contraste entre tais poemas sociais, comparação e contraste que se abstêm da tentativa de ser algo cósmico e de longo alcance e que se contenta em ser prudente e de alcance limitado – pode ser recomendado aos estudantes cuja imaginação tem sido iluminada por esse exemplo.

---

24. Kenneth Burke, *Attitudes*, p. 107. Essa passagem acompanha a afirmação de Dewey de que não há algo como mal radical. Mal, Dewey disse, é sempre um bem rejeitado – o bem de alguma situação prévia. Suspeito que adotar uma atitude deweyana em relação ao mal será necessário se jogarmos fora a escada do romance histórico do mundo. Minha perspectiva contrasta com a de Cornel West, que vê a insistência de Josiah Royce na radicalização do mal como essencial ao que chama de "romantismo de esquerda".

* Manifesto de intelectuais a favor das liberdades civis assinado na ex-Tchecoslováquia, em 1977. (N. de T.)

Racionalidade e diferença cultural em uma perspectiva pragmatista

Neste ensaio discuto algumas questões que surgem quando se afirma que determinadas culturas são mais racionais do que outras e, portanto, melhores. Essas questões também emergem quando se afirma que algumas culturas são menos racionalistas e, portanto, melhores do que outras. Começarei distinguindo três sentidos do termo 'racionalidade'.

Racionalidade-1 é o nome de uma habilidade que lulas têm mais do que amebas, que seres humanos usuários de linguagem têm mais do que antropóides não usuários de linguagem, e que seres humanos armados com tecnologia moderna têm mais do que aqueles que não a possuem: a habilidade de enfrentar o meio ambiente, ajustando suas reações aos estímulos deste, de modos complexos e delicados. Isso é chamado 'razão técnica' e, algumas vezes, 'capacidade de sobrevivência'. Ela é eticamente neutra, no sentido de que essa habilidade, sozinha, não ajuda a decidir a qual espécie ou a qual cultura seria melhor pertencer.

Racionalidade-2 é o nome de um ingrediente extra que os seres humanos têm e que falta aos brutos. A presença desse ingrediente em nós é uma razão para nos descrevermos em termos diferentes daqueles que usamos para descrever organismos não-humanos. Essa presença não pode ser reduzida a uma diferença de grau em nossa posse de racionalidade-1. Ela é distinta, uma vez que fixa metas, e não se reduz ao trabalho de garantir a mera sobrevivência; por exemplo, poder decidir que seria melhor morrer a fazer certas coisas. Apelar para a racionalidade-2 estabelece uma hierarquia avaliativa em vez de simplesmente um ajustamento de meios aos fins aceitos.

Racionalidade-3 é, de modo geral, sinônimo de tolerância – a habilidade de não ficar demasiado desconcertado diante do que é diferente de si, a capacidade de não responder agressivamente a essas diferenças. Essa habilidade acompanha um desejo de alterar os próprios hábitos – não somente de conseguir mais do que anteriormente se queria, mas de se remodelar em um diferente tipo de pessoa, que quer coisas diferentes daquelas que queria antes. Ela também acompanha uma confiança mais na persuasão do que na força, uma inclinação para conversar antes do que brigar, queimar ou banir. É uma virtude que capacita indivíduos e comunidades a coexistir pacificamente com outros indivíduos e comunidades, vivendo e deixando viver, e agrupando novos, sincréticos e comprometidos modos de vida. Assim, racionalidade nesse sentido é pensada, algumas vezes, como em Hegel, como quase sinônimo de liberdade[1].

A tradição intelectual ocidental tem, geralmente, misturado esses três sentidos de 'racionalidade'. Sugere-se freqüentemente que podemos usar a linguagem, e então a tecnologia, para alcançar o que quisermos – mostrar-nos tão eficientes quanto somos na satisfação de nossos desejos – somente porque temos o ingrediente precioso,

---

1. Milan Kundera descreveu uma utopia impregnada pela racionalidade-3 como o 'paraíso dos indivíduos' imaginados pelo romance europeu. Discuto a concepção de Kundera do papel do romance no contexto da comparação Ocidente-Oriente em meu ensaio 'Heidegger, Kundera and Dickens'. Cf. Richard Rorty, *Essays on Heidegger and others* (Cambridge, Cambridge University Press, 1991), pp. 66-82. [Ed. bras. *Ensaios sobre Heidegger e outros* (trad. Marco Antônio Casanova, Rio de Janeiro, Relume Dumará, 1999).] Esboço uma versão desse paraíso como "uma colagem intrinsecamente tecida de narcisismo privado e pragmatismo público", "um bazar envolvido por muitos clubes privados exclusivos", no fim do meu 'On ethnocentrism: a replay to Clifford Geertz'. Cf. Richard Rorty, *Objectivity, relativism, and truth* (Cambridge, Cambridge University Press, 1991), pp. 203-10. [Ed. bras. *Objetivismo, relativismo e verdade* (trad. Marco Antônio Casanova, Rio de Janeiro, Relume Dumará, 1997).]

quase divino, a racionalidade-2, que falta a nossos primos brutos. Com igual freqüência, assume-se que a adaptabilidade sinalizada pela racionalidade-1 é a mesma virtude que a tolerância posta sob o rótulo de racionalidade-3. Isto é, assume-se que quanto mais inteligentes somos para conseguir nos adaptar às circunstâncias, ampliando o alcance e a complexidade de nossas respostas a estímulos, mais nos tornaremos tolerantes a outros tipos de seres humanos. Quando todos os três sentidos de 'racionalidade' forem agrupados, pode começar a parecer por si evidente que os humanos que são bons em munir-se de meios técnicos para realizar seus desejos também adotarão automaticamente os desejos corretos – aqueles "em acordo com a razão" – e serão tolerantes para com aqueles com desejos alternativos, uma vez que entenderão como e por que esses desejos indesejáveis foram obtidos. Isso gera a sugestão de que o lugar de onde vem a maior parte da tecnologia – o Ocidente – é também o lugar de conseguir virtudes sociais e ideais morais.

Há razões filosóficas comuns tanto quanto razões políticas comuns para duvidar dessa assimilação e conseqüente sugestão. As razões filosóficas são aquelas compartilhadas pelos pragmatistas norte-americanos do passado, como Dewey, e pós-estruturalistas exóticos como Derrida, e consistem, principalmente, em atacar a idéia de racionalidade-2. Essas razões são aquelas produzidas no curso do ataque familiar ao 'racionalismo', 'falologocentrismo', 'metafísica da presença', 'platonismo', e assim por diante. As razões políticas são as compartilhadas por pessoas que acreditam, como Roger Garaudy e Ashis Nandy, que "os países do Ocidente estão doentes"[2] – e por aqueles que, como eu, acreditam que, embora não enfermo, o Ocidente pode ter se acuado, e com ele o resto do mundo, em um beco estreito. Para liberais que também são pragmatistas como eu, as questões sobre racionalidade e diferenças culturais se resumem a questões

---

2. Roger Garaudy, 'Foreword to Ashis Nandy', *Traditions, tyranny and utopias* (Oxford, Oxford University Press, 1987), p. x.

ligadas à relação entre racionalidade-1 e racionalidade-3. Simplesmente descartamos a idéia da racionalidade-2.

Agora quero voltar à noção de cultura e, mais uma vez, distinguir três sentidos do termo.

Cultura-1 é simplesmente um conjunto de hábitos de ação compartilhados, aqueles que capacitam os membros de uma comunidade humana singular a dar-se bem com os outros e com seu ambiente como todos assim o fazem. Nesse sentido do termo, todo quartel do exército, departamento acadêmico, prisão, monastério, vila rural, laboratório científico, campo de concentração, feira e sociedade de negócios têm uma cultura própria. Muitos de nós pertencemos a várias culturas diferentes – a da nossa cidade, universidade, intelectuais cosmopolitas, tradição religiosa em que crescemos, organizações a que pertencemos ou grupos com os quais temos de nos relacionar. Nesse sentido, 'cultura' não é o nome de uma virtude, nem é necessariamente o nome de algo que, entre os animais, apenas seres humanos possuem. Os etologistas referem-se à cultura de bandos de babuínos tão tranqüilamente quanto os etnologistas se referem à cultura de um povo, e ambos querem dizer a mesma coisa com o termo. A respeito dessa neutralidade entre os não-humanos e os humanos, e em relação à falta de força avaliativa, a cultura-1 assemelha-se à racionalidade-1. Há uma diferença em complexidade e riqueza entre a cultura de uma vila rural e a do budismo, o mesmo tipo de diferença que separa a racionalidade-1 de amebas e lulas, mas não uma diferença de espécie.

Cultura-2 é o nome de uma virtude. Nesse sentido, 'cultura' significa algo como 'alta cultura'. Prisioneiros, com freqüência, têm pouca ou nenhuma dela, mas os indivíduos nos monastérios e nas universidades em geral têm bastante. Uma boa indicação da posse de cultura-2 é a habilidade para manipular idéias abstratas por simples prazer, e uma habilidade de discursar longamente sobre as diferenças de valores de tipos amplamente diversos de pintura, música, arquitetura e literatura. A cultura-2 pode ser adquirida pela educação e é um produto típico da educação reservada aos membros mais abastados e mais desocupados de uma sociedade. Ela é freqüentemente associada à racionalidade-3, como na sugestão de Matthew Arnold de que doçura e luz* andam juntas.

Cultura-3 é, grosso modo, um sinônimo para o que é produzido pelo uso da racionalidade-2. É supostamente o que pouco a pouco vem ganhando espaço, no decorrer da história, em relação "à natureza", ou seja, em relação ao que compartilhamos com os brutos. É a superação da base animal e irracional por algo universalmente humano, algo que todas as pessoas e culturas são mais ou menos aptas a reconhecer e respeitar. Dizer que uma cultura-1 é mais 'avançada' do que outra significa dizer que ela se aproximou mais da realização do 'essencialmente humano' do que outra cultura-1, que é uma expressão melhor daquilo que Hegel chamou de "a autoconsciência do Espírito Absoluto", um exemplo melhor de cultura-3. O reino universal da cultura-3 é a meta da história.

Hoje, diz-se com freqüência que qualquer cultura-1 é merecedora, *ceteris paribus*, de preservação. Mas essa sugestão é em geral suavizada pela admissão de que há algumas culturas – por exemplo, aquelas dos campos de concentração, gangues criminosas e conspiração de banqueiros internacionais – sem as quais seria melhor viver. Algumas vezes, ela também é modificada por sugestões, como aquelas citadas anteriormente de que alguma cultura-1 ampla e proeminente está 'doente' ou 'decadente'. Há uma tensão entre a teoria de que qualquer coisa que leva tanto tempo para se desenvolver e se solidificar merece ser mantida, como o caso de uma cultura ou de

---

* A expressão em inglês é *sweetness and light*, que corresponde ao francês *amabilité et raison*. Em português, há o uso de 'polidez e inteligência' ou 'berço e luz' ou 'berço e inteligência'. Optou-se por traduzir por uma forma mais neutra do ponto de vista político, como 'doçura e luz', que também poderia ser 'suavidade e luz' ou, de modo talvez mais corriqueiro, 'gentileza e inteligência'. (N. de T.)

uma espécie de coisa viva, e a necessidade prática de colocar sob perigo ou mesmo exterminar certas culturas (por exemplo, a Máfia, criminosos, nazistas) ou certas espécies (por exemplo, bacilo da varíola, mosquito anófele, qualquer tipo de formiga, cobras venenosas).

Duvido que a sugestão de que toda e qualquer cultura-1 é *prima facie* merecedora de preservação teria sido feita se não houvesse acontecido certa dose de confusão entre os três sentidos de 'cultura' que distingui. Em particular, essa sugestão não teria sido feita a menos que tivéssemos adquirido o hábito de ver várias culturas-1 como obras de arte, automaticamente merecedoras de apreciação como exemplos do triunfo da cultura-3 sobre a natureza, e então inferido que o fracasso em apreciar e cultivar qualquer triunfo desse tipo contaria como um fracasso na cultura-2. Esse fracasso seria filisteu, insensível, uma traição tanto à cultura-2 quanto à cultura-3.

A sugestão de que tratemos toda cultura como uma obra de arte, *prima facie* merecedora de preservação como toda obra de arte é merecedora, é algo comparativamente recente, mas bastante influente entre intelectuais de esquerda no Ocidente contemporâneo. Isso acompanha um sentimento de culpa em relação ao 'eurocentrismo', e certa raiva quanto à sugestão de que alguma cultura poderia ser vista como menos 'válida' do que outra. Em minha opinião, esse conjunto de atitudes é uma tentativa de preservar a noção kantiana de 'dignidade humana', mesmo após se ter abandonado a racionalidade-2. É uma tentativa de recriar a distinção kantiana entre valor e dignidade por meio de se pensar a respeito de toda cultura humana, se não de todo indivíduo humano, como de valor incomensurável – como envolto pela aura que, para pessoas que foram criadas na cultura-2, cerca a obra de arte.

Essa versão não racionalista do kantismo, contudo, não raro tenta combinar a afirmação de que toda cultura é tão válida quanto qualquer outra com a afirmação de que algumas culturas-1 – ou ao menos uma, aquela do Ocidente moderno – são 'doentes' ou 'estéreis' ou 'violentas' ou 'vazias' – vazia de seja lá o que for que 'valide' todas as outras culturas-1. Susan Sontag, por exemplo, adverte que "a raça branca é o câncer do planeta" – uma metáfora que sugere a necessidade de cirurgia radical, para a extirpação, o mesmo tipo de necessidade que sentimos diante do bacilo da varíola e da serpente venenosa.

No discurso de alguns intelectuais contemporâneos de esquerda às vezes parece que apenas as culturas *oprimidas* são culturas-3 reais e válidas[3]. Analogamente, há uma tendência entre os europeus modernos que se orgulham de sua cultura-2 de pensar que somente obras de arte 'difíceis' e 'diferentes' – de preferência produzidas no sótão por artistas rejeitados e marginalizados – são exemplos 'reais' ou 'válidos' de criatividade artística. Isso é acompanhado pela sugestão de que pinturas facilmente compreendidas pelos bem nutridos membros da Royal Academy ou novelas bastante assistidas produzidas por escrevinhadores remunerados não chegam ao status de 'arte'. Ser criado na cultura-2, entre intelectuais de esquerda da atualidade, é ser capaz de ver todas as culturas oprimidas – todas as vítimas do colonialismo e do imperialismo econômico – como mais preciosas do que qualquer coisa feita pelo ou no Ocidente contemporâneo.

Essa exaltação dos não-ocidentais e oprimidos parece-me tão ambígua quanto a convicção dos imperialistas ocidentais de que todas as outras formas de vida são 'infantis' em comparação à da Europa moderna. Essa convicção baseia-se na idéia de que o próprio poder de suprimir outras formas de vida é uma indicação do valor das próprias formas. A primeira exaltação depende de uma má inferência da premissa de que o que torna as culturas preciosas não tem

---

3. Isso caminha com uma tendência de tentar elaborar uma 'teoria da opressão', uma tentativa que me parece provavelmente tão infrutífera quanto são teorias do mal ou do poder. Penso que abstrações e generalizações, em tais tentativas, têm avançado mais do que o necessário e que precisamos voltar ao início.

a ver com o poder, para se chegar à conclusão de que a debilidade, tal como a pobreza, é um índice de valor, e certamente de alguma coisa aurática, algo divino. Tentarei, na próxima seção deste ensaio, esboçar uma perspectiva pragmatista da diferença cultural que evita ambas as idéias.

Na forma que tomou nos trabalhos do mais importante expoente do pragmatismo norte-americano, Dewey, essa perspectiva era uma tentativa de tornar as categorias do pensamento político e da moral contínuas com aquelas usadas em uma explicação biológica darwiniana e mendeliana da evolução. Dewey conectou Hegel a Darwin. Ele fundiu a concepção de história de Hegel como narrativa da ampliação da liberdade humana com a explicação darwiniana da evolução para se livrar do universalismo comum a Platão e Kant e da noção de teleologia imanente de Hegel, a idéia hegeliana de que "o real é o racional e o racional é o real". Dewey abandonou a noção de uma natureza humana a-histórica e substituiu a idéia de que certos mamíferos tinham se tornado capazes, recentemente, de criar um novo ambiente para eles mesmos, em vez de simplesmente reagir às exigências do ambiente.

Acho útil, na reelaboração da adaptação de Darwin por Dewey, usar 'meme' – um termo recentemente popularizado por Richard Dawkins e Daniel Dennett. Um meme é a contraparte cultural de um gene. Palavras de aprovação moral, frases musicais, slogans políticos, imagens estereotipadas, epítetos abusivos são exemplos de memes. Exatamente como o triunfo de uma espécie sobre outra – sua habilidade de usurpar o espaço previamente ocupado pelo outro – pode ser visto como um triunfo de um conjunto de genes, portanto o triunfo de uma cultura sobre outra pode ser visto como o triunfo de um conjunto de memes. De um ponto de vista deweyano, nenhum tipo de triunfo é indicação de qualquer espécie de virtude – por exemplo, de um 'direito' ao triunfo ou de proximidade ao objetivo da Natureza ou da História. Ambos são apenas resultado de concatenação de circunstâncias contingentes. Para Dewey, falar da "sobrevivência do mais apto" é meramente dizer, tautologicamente, que o que sobrevive, sobrevive. Isso não é sugerir que há algo fora da luta de genes e memes que fornece um critério pelo qual a ordem de bons resultados vem de resultados ruins. O processo de evolução nada tem a ver com hierarquias avaliativas nem, com a permissão de Hegel, com os fatores que determinam a sobrevivência dos memes. Quando um deweyano descreve a história (*history*) como a narrativa (*story*) da ampliação da liberdade humana, não está dizendo que há um poder – a racionalidade-2 – que, de algum modo, favorece tal liberdade. Ele está dizendo, meramente, que, dada a hierarquia avaliativa fornecida por *nossos* memes – a visão histórica contingente de uma cultura-1 particular –, eventos e possibilidades futuras estão conectados de modo útil por uma narrativa dramática de ampliação da liberdade, de racionalidade-3 ampliada.

Antes de Dewey, Spencer havia tentado assimilar uma narrativa (*story*) triunfalista do desenvolvimento cultural a uma narrativa (*story*) darwiniana da evolução biológica. Contudo, Herbert Spencer tentou agarrar-se a algo como racionalidade-2 e a algo como cultura-3. Isto é, tentou agarrar-se à idéia de uma teleologia imanente, o que fornecia um critério universal da 'vitalidade' ou da 'benignidade' de um desenvolvimento evolucionário ou cultural. Como Dewey disse em um ensaio sobre Spencer de 1904, a noção de Spencer de 'ambiente' era "somente a tradução da 'natureza' da metafísica" e, portanto, para ele evolução ainda tendia a "um 'evento singular, divino, distante' – a uma finalidade, uma estabilidade"[4]. Spencer, segundo Dewey, acreditava "na natureza como uma força poderosa, e na razão como tendo somente de cooperar com a natureza, em vez de anulá-la em seus dispositivos voluntários, triviais, para pre-

---

4. John Dewey, 'The philosophical work of Herbert Spencer', *The middle works of John Dewey* (Carbondale, Southern Illinois University Press, 1977), 3, p. 208.

nunciar uma era de progresso desenfreado"[5]. Para Dewey, ao contrário, 'Natureza' era o nome não de uma força, mas simplesmente do resultado de uma série de possibilidades. 'Razão' não era o nome nem de um ingrediente extra acrescentado nem do que era 'natural' e 'essencial' a nossa espécie. O termo denota nada mais do que um grau alto de racionalidade-1.

Para Dewey, havia uma conexão, mas não uma conexão necessária ou inquebrantável, entre a ampliação de racionalidade-1, que acompanha a ciência moderna e a tecnologia, e a racionalidade-3 – entre eficiência e tolerância. Conforme nos tornamos cada vez mais emancipados do hábito – cada vez mais motivados a agir de forma diferente de nossos ancestrais, para lidar com nosso ambiente de modo mais eficiente e bem-sucedido –, nós nos tornamos cada vez mais receptivos à opinião de que boas idéias podem vir de qualquer lugar, de que elas não são a prerrogativa de uma elite e que não estão associadas a qualquer lugar particular de autoridade. Especialmente a emergência da tecnologia ajuda a quebrar a distinção tradicional entre a 'alta' sabedoria de padres e teóricos e a 'baixa' inteligência de artesãos, contribuindo para a plausibilidade de um sistema democrático de governo.

Para Dewey, a Nova Ciência do século XVII, e a nova tecnologia e as reformas liberais dos séculos XVIII e XIX não emergiram da racionalidade-2 e, portanto, não eram exemplos – como eram para Spencer – da realização humana de suas habilidades "naturais" ou "essencialmente humanas" para atingir um melhor resultado. Eram simplesmente exemplificações de uma nova flexibilidade e adaptabilidade exibida por algumas comunidades humanas. Essa ampliação de flexibilidade conduziu a profundas mudanças sociais – fim das instituições feudais, capitalismo industrial, parlamentarismo, expansão colonialista em busca de mão-de-obra barata e novos mer-

---

5. Ibid., p. 203.

cados, sufrágio feminino, duas guerras mundiais, alfabetização em massa, a possibilidade de catástrofe ambiental e de holocausto nuclear, e muitos outros desenvolvimentos recentes. O pacote supervariado de resultados produzidos por essa nova flexibilidade, essa maior habilidade de alterar o ambiente mais do que simplesmente defender-se dos ventos – significa, aos olhos de Dewey, que nós, geralmente, resolvemos velhos problemas à custa da criação de novos problemas. (Por exemplo, eliminamos velhas formas de crueldade e intolerância somente para descobrir que inventamos outras formas mais insidiosas disso tudo.) Dewey não possuía nenhuma solução em grande escala para oferecer aos novos problemas que havíamos criado, e sim a esperança de que a mesma ousadia experimental com a qual havíamos criado novos problemas como subprodutos, se combinada com uma vontade de diminuir o sofrimento, produzisse soluções graduais para esses novos problemas.

Obviamente, a ampliação de flexibilidade e a melhoria da eficiência podem facilmente ser usadas tanto para oprimir quanto para libertar – tanto para ampliar o sofrimento quanto para diminuí-lo, tanto para fazer decrescer a racionalidade-3 quanto para ampliá-la. Assim, nada há de *intrinsecamente* emancipatório a respeito de um maior grau de racionalidade-1. Não há uma razão *a priori* pela qual deveríamos produzir uma ampliação do grau de racionalidade-3. Mas, de fato, historicamente, por várias razões específicas, algumas vezes assim foi feito. Tal razão foi o predomínio da retórica cristã – uma retórica de irmandade humana – nas comunidades que primeiro desenvolveram a tecnologia moderna. Outra foi o fato de que a tolerância religiosa graças ao papel de refugiados da perseguição religiosa na fundação dos Estados Unidos e ao compromisso efetuado em vários países da Europa em deixar para trás as Guerras de Religião tornou-se parte da retórica pública dos grandes poderes imperialistas e colonialistas. A tolerância religiosa – tolerância a respeito de questões de importância crucial – freqüentemente abre o caminho para a tolerância em relação às outras formas de diferença[6].

Diferentemente de Kant, Hegel e Spencer, Dewey não tinha nenhum argumento, baseado em afirmações sobre a natureza da racionalidade-2, para mostrar que as retóricas de irmandade humana e de tolerância de diferentes opiniões e estilos de vida fossem boas retóricas para utilizar – retóricas que escolhem os objetivos corretos. Ele não achava que a função da filosofia fosse fornecer respaldo argumentativo e fundamentos estáveis para hierarquias avaliativas[7]. Simplesmente tomava as retóricas e os objetivos do movimento social-democrata da virada do século como certos para então perguntar o que a filosofia poderia fazer para além deles. Sua resposta foi a de que ela poderia tentar mudar nossa auto-imagem, de modo que abandonássemos a idéia de racionalidade-2 e viéssemos a conceber nós mesmos em continuidade com amebas e lulas, embora também em continuidade com aqueles humanóides imaginativos inimaginavelmente mais flexíveis e livres que poderiam ser nossos descendentes. Esses descendentes habitariam uma utopia social-democrata na qual os humanos causariam bem menos sofrimento uns aos outros do que causam atualmente – uma utopia em que a irmandade humana seria concebida de formas que nós hoje dificilmente podemos imaginar. O ideal social unificador dessa utopia seria um equilíbrio entre a minimização do sofrimento e a maximização da

---

6. Sobre o papel da tolerância religiosa na abordagem de Rawls da justiça liberal, cf. meu ensaio 'The priority of democracy to philosophy', reimpresso em *Objetivity, relativism, and truth*, pp. 175-96.

7. A atitude de Dewey em relação à idéia de que a filosofia poderia fornecer fundamentos para a prática social se assemelha àquela de Wittgenstein, que – em referência à noção de Frege e de Russell de que os fundamentos da matemática poderiam ser encontrados na lógica – disse: "Os problemas *matemáticos* do que são chamados os fundamentos não são mais os fundamentos da matemática para nós que as pedras pintadas são o suporte para a torre pintada". Cf. *Remarks on the foundations of mathematics*, 8, p. 16. Em outras palavras, a filosofia de X (onde X é algo como matemática, arte, ciência, luta de classes ou pós-colonialismo) é apenas mais X e não pode ser um *suporte* de X – embora possa expandir, clarear ou melhorar X.

racionalidade-3 – um equilíbrio entre a pressão para não ferir os outros e a tolerância para com os diferentes modos de vida; entre a vigilância contra a crueldade e a relutância em erguer um estado pan-óptico. Como bons pragmatistas, os habitantes dessa utopia não pensariam a respeito de si mesmos como aqueles que realizam a verdadeira natureza da humanidade, os que vivem de acordo com a racionalidade-2, mas simplesmente como seres felizes e livres, vivendo vidas mais ricas do que a dos habitantes das comunidades humanas anteriores.

O que acontece quando examinamos o tópico das diferenças culturais a partir desse ângulo deweyano? Quando tentamos fazê-lo, as seguintes questões tornam-se salientes: essa utopia deweyana preservaria as diferenças culturais geograficamente delimitadas em seus lugares atuais – por exemplo, as diferenças entre as culturas budista e hindu, chinesa e japonesa, islâmica e cristã, ou lançaria tudo, ou sua maior parte, em um liquidificador? Se a opção fosse a última, seria um erro? Algo muito importante teria sido irremediavelmente perdido? Ou novas diferenças culturais – as diferenças entre novas culturas-1 que se formariam espontaneamente no interior dessa utopia tolerante – compensariam o que foi perdido das velhas diferenças?

Quando a questão é apresentada desse modo, a única resposta plausível parece ser: ninguém sabe, mas não parece haver nenhuma razão particular para se ter esperança quanto à imortalidade de qualquer conjunto de diferenças culturais contemporâneas, como oposta à esperança de que tal conjunto poderia ser, por fim, superado por um conjunto novo e mais interessante. Na Europa moderna, não faz muita falta a cultura de Ur dos caldeus ou da Cartago pagã. Presume-se que os indianos de hoje não sintam muita falta das culturas que foram deslocadas e, aos poucos, estirpadas, como as dos povos falantes da língua ária, originários do Norte. Em ambos os casos, há o sentimento de que hoje temos uma grande diversidade cultural, talvez tudo de que precisamos, e que Ur e Harappa não são mais saudosas do que os cavalos pré-históricos, o mamute e o tigre-dentes-de-sabre. Dadas as sete mil espécies de pássaros, ninguém chora muito pelo *Archaeopteryx*. Dado o rico pluralismo da Europa moderna, ninguém se importa muito se os falantes do galês tardio ou do bretão – ou os sonetistas ou os arquitetos seguidores de Andrea Palladio – desapareceram. Lamentamos a perda eminente de pássaros de certos paraísos e das grandes baleias porque sabemos que levará dez milhões de anos para que uma nova espécie de igual esplendor se desenvolva, mas quando tomamos o cristianismo, o islamismo, o budismo e o humanismo secular do Ocidente moderno, suspeitamos que dadas a paz, a riqueza, a sorte e a racionalidade-3 utópica – essas culturas-1 serão estirpadas somente quando novas culturas, de ao menos igual esplendor, estiverem disponíveis para assumir seus lugares.

Essa resposta fácil indica que assimilei o tópico da diferença cultural pelo lado errado. Pois esse tópico é um dos que está muito vivo hoje em dia por causa da suspeita de que aquilo a que me refiro despreocupadamente como "humanismo secular do Ocidente moderno" é um tipo de monstro onívoro, que engole todas as outras culturas-1, e é incapaz de produzir diversidade a partir de si mesmo. Essa suspeita está ligada a uma outra desconfiança, a de que a perspectiva deweyana que mantenho – aquela que produz o que Ashis Nandy chama de "pragmatismo tecnocrático evolucionista"[8] – já desvia de todas as questões importantes. Aos olhos de Nandy e de muitos outros, Dewey é simplesmente um representante a mais de uma cultura-1 não autocrítica que, mesmo se orgulhando de sua docilidade e tolerância, está engajada na tarefa de destruir todas as possibilidades de diferença cultural – uma cultura-1 que é, no fun-

---

8. Ashis Nandy, *Traditions, tyranny and utopias* (Oxford, Oxford University Press, 1987), p. xvi.

do, filistéia, estéril e violenta, intrinsecamente oposta à cultura-2 e ao desenvolvimento da racionalidade-3.

Do ponto de vista de Nandy, se o compreendi, tolerância e pragmatismo – racionalidade-3 e a visão de que a racionalidade-2 não existe – são como óleo e água. Nandy diria que a insistência pragmática de ver o ser humano simplesmente como um organismo a mais, e culturas humanas como portadoras de memes, nenhum dos quais – organismos ou culturas – mais proximamente relacionados a algo trans-histórico (como Natureza ou Deus) do que outro, é incompatível com o tipo de tolerância das diferenças culturais que permitiriam um lugar para aquilo que é importante na tradição indiana. Nandy, presumo, aceita a visão que, na seguinte passagem, descreve como sendo a de Gandhi:

> Gandhi rejeitou o Ocidente moderno basicamente por causa de sua cosmovisão científica e secular. Para ele, uma cultura que não tivesse uma teoria da transcendência não poderia ser aceitável moral ou cognitivamente. Ele sabia que o núcleo ideológico do mundo moderno era a ciência pós-galileana que se orgulhava de ser a única área completamente secular de conhecimento. Ele também sabia que a legitimação do Ocidente moderno como uma cultura superior vinha de uma ideologia que concebia as sociedades secularizadas como superiores às não secularizadas; uma vez aceita a ideologia, a superioridade do Ocidente tornava-se uma avaliação objetiva[9].

Dewey negaria que poderia haver uma avaliação objetiva do Ocidente como superior *tout court*. Pois superioridade é, para um pragmatista, sempre relativa aos propósitos de algo a que se está sendo solicitado servir. Mas ele insistiria em três pontos. Primeiro, *algumas* das realizações do Ocidente – controle epidêmico, ampliação da alfabetização, melhoria dos transportes e das comunicações, pa-

---

9. Ibid., pp. 129-30.

dronização da qualidade dos objetos de primeira necessidade, e assim por diante – provavelmente não têm como ser dispensadas por alguém que as experienciou. Segundo, o Ocidente é melhor do que qualquer outra cultura conhecida no que se refere a questões de política social como resultados de experimentação futura, mais do que de princípios e tradições tomadas a partir do passado. Terceiro, a concordância do Ocidente com a secularização e o abandono da transcendência tem feito muito para tornar possível essa segunda realização. Por razões que já delineei, Dewey viu a secularização como uma das forças que colaboraram para tornar possível uma utopia social-democrática.

Dewey achava improvável que as realizações do Ocidente pudessem se tornar compatíveis com alguma cultura religiosa, com algum propósito de transcendência mais específico e menos vago do que aquele sugerido em seu *A common faith*. Esse livro tentou unir Darwin e religião ao conceber a negação pragmatista da racionalidade-2 como um modo de unir o humano e o restante da natureza, ao modo de Spinoza e Wordsworth. Para Dewey, "a atitude essencialmente irreligiosa" é

> aquela que atribui alcance e propósito humanos ao homem isolado do mundo da natureza física e de seus semelhantes. Nossos êxitos são dependentes da cooperação da natureza. O sentido da dignidade da natureza humana é tão religioso quanto o sentido de respeito e reverência quando repousa sobre um sentido de natureza humana como parte cooperante de um todo maior[10].

Dewey queria que secularizássemos a natureza vendo-a como não-teleológica, como não tendo hierarquias avaliativas inerentes. Mas ele queria que mantivéssemos algo como um vago sentido de transcendência pela visão de nós mesmos apenas como um produto

---

10. John Dewey, *A commom faith* (New Haven, Yale University Press, 1934), p. 25.

a mais de contingências evolucionárias, como tendo somente (embora em um grau muito mais alto) os mesmos tipos de habilidades de lulas e amebas. Esse sentido nos torna receptivos à possibilidade de que nossos descendentes possam nos transcender, tanto quanto nós transcendemos lulas e macacos. Dewey não via nenhum sentido em "alguma coisa bem mais profundamente amalgamada" de Wordsworth, mas achava que "o ateísmo militante" mostrava uma falta de 'piedade natural' wordsworthniana[11]. Dewey não formulou o que Nandy chamou de "uma teoria da transcendência", exceto no sentido de que via uma utopia impregnada pela racionalidade-3 como o tipo de meta que torna possível o que chamou de "a unificação do eu através da lealdade a fins ideais inclusivos" – uma frase que era sua mais alta definição secularizada de "fé"[12].

Como decidir entre Dewey e Nandy? A meu ver, o conflito entre eles é um conflito direto de predições empíricas – predições do que pode acontecer se "um pragmatismo evolucionista e tecnocrático", mesmo se combinado a algo como um sentido wordsworthiniano de comunidade com a natureza, torna-se dominante em uma comunidade global unificada politicamente. Nandy acha que isso conduzirá a resultados ruins, e Dewey achava que conduziria a bons resultados – onde 'bons resultados' significa uma utopia caracterizada pela racionalidade-3 máxima e pela máxima eliminação do que Nandy chama de "sofrimento criado pelo próprio homem".

Dewey concordaria inteiramente com Nandy que "somente mantendo um sentimento pela imediaticidade do sofrimento criado pelo homem, uma utopia pode sustentar uma atitude crítica permanente a respeito de si mesma e de outras utopias"[13]. Contudo, Dewey argumentaria que o Ocidente é, em termos relativos e a despeito de suas crueldades manifestas, inclinado a manter esse sentimento.

---

11. Ibid., p. 53.
12. Cf. ibid., p. 33.
13. Ashis Nandy, *Traditions*, p. 9.

Ele basearia seu argumento no fato de que o Ocidente desenvolveu uma cultura-1 de esperança – uma esperança em um mundo melhor como o obtido no Ocidente por esforços sociais – em oposição às culturas-1 de resignação características do Oriente. O idealismo social romântico que se espalhou na Europa e na América do Norte, pensado desde a Revolução Francesa, não é, obviamente, toda a história da cultura do Ocidente, mas nem por isso deve ser negligenciado. Nandy, assim me parece, negligencia bastante esse esforço romântico[14].

Em uma passagem de que Dewey teria gostado, Nandy escreve:

> (...) a civilização humana tenta constantemente alterar ou expandir sua consciência da exploração e da opressão. Quem, antes dos socialistas, havia pensado na classe como uma unidade de repressão? Quantos, antes de Freud, haviam percebido que as crianças precisavam ser protegidas contra seus próprios pais? Quantos acreditavam, antes do renascimento de Gandhi após a crise ambiental do Ocidente, que a tecnologia moderna, suposta libertadora do homem, havia se tornado sua mais poderosa opressora?[15]

Dewey escolheria, contudo, os exemplos dos socialistas e de Freud para afirmar que o Ocidente havia assumido a liderança de tais expansões da consciência da exploração e da opressão – e, em particular, que a psicanálise e a Internacional Socialista são tão representativas do Ocidente quanto, digamos, a KGB e a Union Carbide Company. Além do mais, Dewey desconfiaria da afirmação de que

---

14. Nandy menciona essa perspectiva em *Traditions*, pp. 82-3, mas ele parece achar que esta não pode ser reconciliada, como Dewey tentou, com entusiasmo pela tecnologia. Assim, ele vê Thoreau, Ruskin and Tolstói como os verdadeiros herdeiros de Wordsworth e Blake. Ele, então, assemelha-se aos assim chamados jovens norte-americanos críticos de Dewey – Van Wyck Brooks, Lewis Mumford, Waldo Frank e Randolph Bourne – que tiveram muitos dos mesmos heróis. Cf. a discussão da hostilidade desses quatro homens ao tecnologismo de Dewey em Casey Blake, *Beloved community* (Chapel Hill, University of North of Caroline Press, 1990).

15. Ashis Nandy, *Traditions*, p. 22

a ciência moderna e a tecnologia são estruturalmente opressoras, e não apenas instrumentos úteis tanto para a opressão quanto para um alívio dela.

Nandy, contudo, acredita que tal afirmação de neutralidade é falsa. Ele condena a tentativa "de operar como se a patologia da ciência moderna dependesse somente de seu contexto"[16] – como se não devêssemos culpar a própria ciência moderna, mas somente seu uso por pessoas específicas. Ele insiste que "a violência repousa no coração da ciência moderna"[17] e que "a ciência hoje tem uma tendência estrutural para ser uma aliada do autoritarismo"[18]. Em contrapartida, ele afirma, "as culturas tradicionais, não sendo guiadas por princípios de consistência interna e parcimônia absolutas, permitiram ao indivíduo criar um local para si mesmo em uma estrutura plural de autoridade". Isso, me parece, é o argumento básico de Nandy para a afirmação de que "o problema civilizacional principal não é com superstições irracionais e autocontraditórias, mas com os modos de pensamento associados ao conceito moderno de racionalidade"[19]. Assim como Foucault, Nandy entende a cultura criada no Ocidente pela ciência moderna como diferente das "culturas tradicionais" em que

> (...) a ciência moderna já construiu uma estrutura de total isolação na qual os seres humanos – incluindo todos os seus sofrimentos e suas experiências morais – têm sido objetificados como coisas e processos vivissectados, manipulados ou reajustados[20].

Ambos, Foucault e Nandy, vêem no Ocidente moderno uma sociedade pan-óptica em que a individualidade – e, portanto, a racionalidade-3 – está se tornando impossível. Dewey, ao contrário,

---

16. Ibid., p. 111.
17. Ibid.
18. Ibid., p. 110.
19. Ibid., p. 106.
20. Ibid.

vê o crescimento do lazer, da riqueza e da segurida de disponível em sociedades tecnológicas como promovendo a individualidade – e, portanto, a racionalidade-3.

Nandy pode estar certo em sua predição de que as forças internas da cultura ocidental que promovem o pan-opticismo e impedem a individualidade terão um peso maior, no final, do que as esperanças românticas por uma utopia impregnada pela racionalidade-3. Mas não estou certo de que nós, filósofos, possamos fazer muito para concluir se ele está correto. Isto é, não estou certo de que haja muito em jogo em nosso debate sobre o que é 'central' ou 'essencial' à cultura do Ocidente ou àquela da Índia, ou no debate sobre, por exemplo, se a presença de "uma teoria da transcendência" na Índia tem feito mais ou menos para a individualidade do que as quarenta horas de trabalho semanais e o *Welfare State* têm feito no Ocidente.

O que todos nós, filósofos, podemos fazer, acho eu, é enfatizar essas questões. Nandy as enfatiza insistindo que questionemos a idéia comum no Ocidente de que a ciência se mantém neutra entre as alternativas políticas e culturais. Tudo o que eu posso fazer para enfatizar o debate é ressaltar que Dewey sugere um modo de permanecer com as noções de ciência e tecnologia e, ao mesmo tempo, abandonar as noções de racionalidade-2 e de cultura-3, descartando, portanto, a afirmação de superioridade 'objetiva' do Ocidente, onde 'objetiva' tem um sentido a-histórico e transcultural. Além do mais, a perspectiva pragmática e anti-representacionalista de Dewey de que as crenças científicas são instrumentos para a satisfação de desejos, juntamente com sua doutrina da continuidade de meios-fins (a doutrina de que novos meios engendram continuamente novos fins, e vice-versa), nos dá um modo de fazer alguma coisa que Nandy recomenda. Ela nos permite, nas palavras de Nandy, "recusar a divisão entre cognição e afeto" e, portanto, "borrar as fronteiras entre ciência, religião e artes"[21]. Pois, para uma visão prag-

---

21. Ibid., p. 45.

matista, a ciência, a religião e as artes são instrumentos para a satisfação de desejos. Nenhuma dessas áreas pode ditar, embora qualquer uma delas possa e deva sugerir, quais desejos ter ou qual hierarquia avaliativa erigir.

Estaria no espírito da crítica de Spencer feita por Dewey concordar com Nandy que atualmente "devemos olhar para além [da ciência] para encontrar suporte para valores democráticos"[22]. Mas, ao passo que Nandy parece seguir Gandhi, acreditando na religião como um lugar melhor para encontrar esse suporte, Dewey, de olho nos perigos do fundamentalismo religioso, prefere a arte. Dewey considera a tradicional abordagem da arte grega – em particular a arte dos escultores e dos autores trágicos de Atenas – como uma importante contribuição para o processo de secularização, que conseqüentemente levaria os seres humanos de uma cultura de resignação para uma cultura de esperança[23]. Ele compartilha da preferência comum ocidental por uma arte que não esteja a serviço da religião – uma preferência pelo tipo de artes plásticas que se desenvolveu a partir do humanismo da Renascença e do bohemianismo do século XIX mais do que pelo tipo de decoração dos templos encontrados em Varanasi, Nara e Chartres. Ele compartilha a idéia tipicamente romântica de que a atividade do artista é menos auxiliar e mais autônoma do que qualquer outra, de que os poetas são os legisladores desconhecidos do mundo, os sucessores adequados de padres e sábios.

Suspeito que talvez seja essa diferença de se é a religião ou a arte que fornece o contrapeso mais seguro e confiável à ciência e à

---

22. Ibid., p. 110.
23. Para uma abordagem do Ocidente como o primeiro tipo de cultura antes da Idade Média e como o último tipo de cultura após a Idade Média, cf. Hans Blumenberg, *The legitimacy of the modern age* (Cambridge, MIT Press, 1985). Blumenberg argumenta que, em certo ponto (graças aos temas de Ockhamite desenvolvidos por Francis Bacon), o Ocidente deixou de fixar suas esperanças em outro mundo para fixá-las na possibilidade de as gerações futuras poderem ser mais felizes e livres que seus ancestrais.

tecnologia – diferença crucial entre Nandy e Dewey, exatamente como a diferença sobre se há algo chamado *denken* contra *dichten* é a diferença crucial entre Heidegger e Dewey[24]. Para Dewey, é o caráter romântico, mais do que o caráter racionalista, que deveria ser preservado de Hegel e Marx, e combinado com um naturalismo darwiniano. Esse naturalismo, que é justamente difícil de combinar com as tradições religiosas é, todavia, justamente o mais fácil de combinar com o Romantismo, que é o denominador mínimo comum de Wordsworth e Byron, de Emerson e Nietzsche.

Se perguntassem a Dewey quais as atividades típicas da cultura-2 que estão em melhor posição para mediar encontros entre culturas-1, de tal modo que houvesse a promoção da racionalidade-3, penso que ele poderia olhar para os tipos de romances e de memórias escritos por pessoas em cujas vidas pessoais houvesse uma tensão entre culturas-1. Penso em livros de autores como Salman Rushdie, V. S. Naipaul, Kwame Anthony Appiah, Kazuo Ishiguro e Gayatri Chakravorty Spivak[25]. Dewey observaria as pessoas que tiveram, no

---

24. Sobre o contraste Heidegger-Dewey, cf. o primeiro de meus dois ensaios em *Essays on Heidegger and others*.

25. Cf., como exemplo da atitude e da prática que tenho em mente neste artigo, K. A. Appiah, 'Is the post-in-post-modernism the post-in-post colonial?', *Critical Inquiry*, 17 (inverno de 1991), pp. 336-57. Appiah diz: "Se há uma lição no modelo amplo dessa circulação de culturas, é certamente a de que já estamos contaminados um pelo outro, de que não há uma legítima cultura africana autóctone mantendo-se selvagem à espera de nossos artistas (justamente como não há uma cultura norte-americana sem raízes africanas). E há um sentido claro em algum escrito pós-colonial de que a postulação de uma África unitária para se sobrepor a um Ocidente monolítico – o binarismo do Eu e do Outro – é a última das expressões próprias (*shibboleths*) dos modernizadores sem a qual devemos aprender a viver" (354). Appiah cita Sarah Suleri quando diz que está cansada de ser uma *'otherness machine'*, e nota que um dos efeitos do colonialismo foi o de forçar os intelectuais pós-coloniais a ter "a manufatura da alteridade como papel principal" (356). Appiah toma como o emblema desse ensaio uma recente escultura iorubá chamada *Homem com uma bicicleta*, a qual, como ele diz, "é produzida por alguém que não se importa com o fato de a bicicleta ser uma invenção do homem branco; não está lá para ser o Outro para o Eu iorubá; está lá porque alguém se preocupa com sua solidez; porque ela nos levará mais longe do que nossos pés nos levam; e porque as máquinas são, agora, como africanos e escritores (...) e tão fabricadas quanto o reino de Nakem" (357).

curso da autocriação e criação artística, modos concretos, não-teóricos, de misturar o Ocidente moderno com uma ou outra cultura não-ocidental.

Essa preferência por específicos compromissos concretos em prejuízo de amplas sínteses teóricas concordaria com a perspectiva pragmática de Dewey de que a teoria tem de ser encorajada somente quando é passível de facilitar a prática. Meu próprio pressentimento é de que as tentativas de erigir amplas oposições teóricas entre o 'espírito' ou a 'essência' de culturas-1 distintas, ou efetuar amplas sínteses teóricas desses elementos, são somente tapa-buracos e soluções provisórias. O trabalho real de edificar uma utopia global multicultural, suspeito, será feito por pessoas que, durante os próximos séculos[26], vierem a desmanchar cada cultura-1 em uma multiplicidade de fios finos e, então, tecê-los com outros fios finos retirados de outras culturas-1 – promovendo o tipo de diversidade-na-unidade característica da racionalidade-3. A tapeçaria resultante, com sorte, será algo que agora podemos, ainda que de forma vaga, imaginar – uma cultura-1 que achará as culturas-1 da América e da Índia contemporâneas passíveis do abandono benigno, como nós achamos benigno o abandono das culturas de Harappa e Cártago.

Para outro exemplo de contaminação frutífera, considere o tipo de nação que poderíamos ter no meio do próximo século, um período em que *yuppies* norte-americanos poderiam precisar não somente aprender japonês, mas saber muito sobre a cultura do Japão tradicional, para obter uma promoção em uma economia norte-americana apropriada e dirigida por japoneses americanizados.

26. *Temos* alguns séculos? Talvez não. A possibilidade de um holocausto nuclear ou uma catástrofe ambiental não está descartada e, se está, não o será por muito tempo – e, se acontecer, não será justo, embora um pouco sem sentido, culpar "o Ocidente". Mas ter poucas possibilidades não parece ser razão suficiente para desistir de construir utopias.

Justiça como lealdade ampliada

Todos nós esperaríamos ser ajudados se, perseguidos pela polícia, pedíssemos para que nossa família nos escondesse. A maioria de nós concederia tal ajuda, mesmo sabendo ser nossos filhos ou pais culpados por um crime sórdido. Muitos ficariam motivados a mentir sob juramento para lhes fornecer um falso álibi. Mas, se uma pessoa inocente for condenada equivocadamente como resultado de nosso perjúrio, a maioria de nós fica dilacerada por um conflito entre lealdade e justiça.

Esse conflito será sentido, contudo, tão-somente na medida em que nos identificarmos com a pessoa inocente que prejudicamos. Se for com um vizinho, o conflito provavelmente será intenso. Se for com um estranho, sobretudo alguém de raça, classe ou nação diferentes, o conflito poderá ser consideravelmente mais fraco. Deve haver *algum sentido* em que ele ou ela seja 'um de nós', antes de começarmos a ficar atormentados pela questão de se fizemos ou não a coisa certa ao cometermos perjúrio. Assim, pode ser também adequado nos descrever como divididos entre lealdades conflitantes – lealdade para com nossa família e grupo amplo o suficiente para incluir a vítima de nosso perjúrio – em vez de divididos entre lealdade e justiça.

Nossa lealdade para com esse grupo amplo, contudo, será mais fraca, ou mesmo desaparecerá, se as coisas se tornam mais difíceis.

Então, pessoas que um dia imaginávamos iguais a nós serão excluídas. Dividir a comida com moradores pobres da sua rua é natural e correto em tempos normais, mas talvez não em época de escassez, quando isso seria equivalente a uma deslealdade para com a própria família. Quanto mais difíceis as coisas se tornam, mais os laços se estreitam entre os que são próximos, e mais se afrouxam em relação a todos os outros.

Considere outro exemplo de expansão e contração de lealdades: nossa atitude em relação a outras espécies. A maioria de nós, hoje, está ao menos em parte convencida de que vegetarianos têm certa razão, e que os animais possuem algum tipo de direito. Entretanto, suponha que vacas, ou cangurus, passem a ser hospedeiros de um novíssimo vírus mutante que, embora inofensivo a eles, seja invariavelmente fatal aos humanos. Suspeito, então, que desconsideraríamos acusações de 'especiesismo'* e participaríamos do massacre necessário. A idéia de justiça entre espécies se tornará rapidamente irrelevante, porque as coisas ficaram certamente mais difíceis, e nossa lealdade para com nossa própria espécie deve vir antes. Lealdade em relação a uma comunidade mais ampla – aquela de todas as criaturas vivas em nosso planeta –, sob tais circunstâncias, desapareceria rapidamente.

Como um último exemplo, considere a complicada situação criada pela acelerada exportação de empregos do Primeiro Mundo para o Terceiro. Há provavelmente um declínio contínuo na média da renda da maioria das famílias norte-americanas. É plausível atribuir-se muito desse declínio ao fato de que se pode contratar um trabalhador da indústria têxtil na Tailândia por um décimo do que teria de ser pago a um trabalhador em Ohio. Passou a ser sabedoria convencional do rico a informação de que o trabalho norte-americano e europeu está sobrevalorizado no mercado mundial. Quan-

---

* Para *speciesism*, criou-se 'especiesismo'. O termo em inglês se refere àqueles que agem em relação a outros seres considerando mais a espécie a que pertencem do que a capacidade, por exemplo, de sofrer, de sentir dor. (N. de T.)

do empresários norte-americanos são chamados de desleais em relação aos Estados Unidos por deixar as cidades em nosso *Rust Belt* (Cinturão da Ferrugem) sem trabalho e esperança, não raro eles respondem que colocam a justiça acima da lealdade[1]. Eles argumentam que as necessidades da humanidade, como um todo, ganham precedência moral sobre as de seus concidadãos e superam as lealdades nacionais. Justiça requer que eles ajam como cidadãos do mundo.

Considere agora a hipótese plausível de que as instituições democráticas e livres são viáveis somente quando sustentadas por uma riqueza econômica alcançável regionalmente mas impossível globalmente. Se essa hipótese estiver correta, democracia e liberdade no Primeiro Mundo não serão capazes de sobreviver a uma completa globalização do mercado de trabalho. Assim, as democracias ricas enfrentarão a escolha entre perpetuar suas próprias tradições e instituições democráticas e lidar de maneira justa com o Terceiro Mundo. Fazer justiça ao Terceiro Mundo implicaria a exportação de capitais e empregos até que tudo estivesse nivelado – até que um dia de trabalho honesto, em um canal de irrigação ou em um computador, não signifique um salário mais alto em Cincinnati ou Paris do que em uma pequena cidade de Botswana. Mas, então, é plausível argumentar, não haverá dinheiro para sustentar bibliotecas públicas, redes de TV e jornais concorrentes, educação liberal amplamente disponível e todas as outras instituições necessárias para produzir o esclarecimento da opinião pública e, assim, manter os governos mais ou menos democráticos.

O que, com base nessa hipótese, as democracias ricas deveriam fazer? Deveriam ser leais a si mesmas e umas com as outras? Man-

---

1. Donald Fites, CEO da companhia de tratores Caterpillar, justificou sua ampla política de realocação: "Como ser humano, penso que o que está ocorrendo é positivo. Não vejo fundamento no fato de 250 milhões de norte-americanos controlarem a maior parte do Produto Nacional Bruto do mundo". Citado em Edward N. Luttwak, *The endangered american dream* (Nova York, Simon & Schuster, 1993), p. 184.

ter sociedades livres para um terço da humanidade à custa dos outros dois terços? Ou sacrificar a bênção da liberdade política por causa de justiça econômica igualitária?

Essas questões são paralelas às enfrentadas por pais de uma grande família após um holocausto nuclear. Eles vão compartilhar com seus vizinhos a comida que guardaram em abrigos, embora os estoques sejam suficientes apenas para dois ou três dias? Ou vão rechaçar esses vizinhos com armas? Ambos os dilemas morais levam à mesma questão: deveríamos contrair o círculo por razões de lealdade ou expandi-lo por razões de justiça?

Não tenho idéia sobre a resposta correta a essas questões, nem sobre o que esses pais deveriam fazer, nem o que é certo para o Primeiro Mundo. Apenas propus essas questões para lançar uma questão mais abstrata e meramente filosófica: deveríamos descrever esses dilemas morais como conflitos entre lealdade e justiça, ou ainda, como indiquei, entre lealdades para com pequenos grupos e lealdades para com grupos maiores?

Isso equivale à pergunta: seria uma boa idéia tratar 'justiça' como o nome para lealdade a certos grupos grandes, o nome para nossa lealdade corrente mais ampla, em vez de o nome para algo distinto de lealdade? Poderíamos substituir a noção de 'justiça' pela de lealdade para tal grupo – por exemplo, o dos concidadãos, ou o da espécie humana, ou o de todas as coisas vivas? Algo se perderia com essa substituição?

Filósofos morais que permanecem leais a Kant provavelmente acham que isso é uma *grande* perda. Os kantianos, geralmente, insistem que a justiça se origina da razão, e a lealdade, do sentimento. Somente a razão, eles dizem, pode impor obrigações morais universais e incondicionais, e assim é nossa obrigação de sermos justos. É sobre outro plano, a partir de relações de afeto, que criamos a lealdade. Jürgen Habermas é o filósofo contemporâneo mais proeminente que insiste no modo kantiano de olhar as coisas: é o pensador que está menos motivado a borrar a linha entre razão e sentimento, ou a linha entre validade universal e consenso histórico. Contudo, filósofos contemporâneos que se separam de Kant, tanto na direção de Hume (como Annette Baier) ou de Hegel (como Charles Taylor) ou de Aristóteles (como Alasdair MacIntyre) não estão assim tão certos.

Michael Walzer está no extremo oposto em relação a Habermas. Ele é cauteloso quanto a termos como 'razão' ou 'obrigação moral universal'. O núcleo de seu livro *Thick and thin* é a afirmação de que deveríamos rejeitar a intuição que Kant considera central: a intuição de que "homens e mulheres, em qualquer lugar, começam com alguma idéia ou princípio ou conjunto de idéias e princípios comuns, que então desenvolvem de modos diferentes". Walzer acha que esse quadro da moralidade que 'começa rala' e vai se tornando 'mais caudalosa com o tempo' deveria ser invertido. Ele diz, "a moralidade é caudalosa desde o início, integrada culturalmente, completamente ressonante, e revela-se mais rala somente em ocasiões especiais, quando a linguagem moral é voltada para propósitos especiais"[2]. A inversão de Walzer sugere, embora não implique, o quadro neo-humiano da moralidade esboçado por Baier em seu livro *Moral prejudices*. Na explicação de Baier, a moralidade começa não como uma obrigação, mas como uma relação de confiança recíproca entre os laços internos próximos de um grupo, tal como uma família ou clã. Comportar-se moralmente é fazer o que surge com naturalidade ao relacionar-se com os pais e os filhos crianças ou com membros do clã. Isso equivale a respeitar a confiança que depositam em nós. A obrigação, como oposição à confiança, entra em cena apenas quando

---

2. Michael Walzer, *Thick and thin*: moral argument at home and abroad (Notre Dame, Notre Dame University Press, 1994), p. 4.

a lealdade para um grupo menor entra em conflito com a lealdade a um grupo maior[3].

A qualquer momento, por exemplo, em famílias confederadas em tribos, ou em tribos reunidas em nações, um membro pode sentir que a obrigação de fazer o que todos fazem não ocorre naturalmente: deixar os pais desamparados para lutar na guerra, ou governar contra seu próprio povo quando designado a ser um administrador federal ou juiz. O que Kant descreveria como o resultado do conflito entre obrigação moral e sentimento, ou entre razão e sentimento, é, em uma explicação não-kantiana, um conflito entre um conjunto de lealdades e outro conjunto de lealdades. A idéia de uma obrigação moral *universal* de respeito à dignidade humana é substituída pela idéia de lealdade para com um grupo muito mais amplo – a espécie humana. A idéia de que a obrigação moral amplia-se mesmo para além do grupo mais amplo formado pela espécie torna-se a idéia de lealdade para com todos aqueles que, como nós, podem experienciar dor – até vacas e cangurus –, ou talvez mesmo para com todas as coisas vivas, como árvores.

Essa perspectiva não-kantiana da moralidade pode ser parafraseada com a afirmação de que a identidade moral de alguém é determinada pelo grupo ou grupos com os quais esse alguém se identifica – o grupo ou grupos em relação àquilo a que tal indivíduo não pode ser desleal e ainda continuar a ser ele mesmo. Os dilemas morais não são, nessa perspectiva, o resultado de um conflito entre razão e sentimento, mas entre eus alternativos, autodescrições alternativas, modos alternativos de dar sentido à vida individual. Não-kantianos não acham que temos um eu central, um eu verdadeiro por pertencermos à espécie humana – um eu que responde ao chamado da razão. Eles podem, em vez disso, concordar com Daniel Dennett que um eu é

---

3. A imagem de Baier é bem próxima da esboçada por Wilfrid Sellars e Robert Brandom em uma abordagem quase hegeliana do progresso moral como expansão do círculo de seres que contam como 'nós'.

um centro de gravidade de narrativa. Em sociedades não tradicionais, a maioria das pessoas tem várias narrativas a sua disposição e, portanto, várias e diferentes identidades morais. É essa pluralidade de identidades que explica o número e a variação de dilemas morais, filósofos morais e romances psicológicos em tais sociedades.

O contraste de Walzer entre moralidade rala e caudalosa é, entre outras coisas, aquele entre as histórias detalhadas e concretas que se podem contar sobre si mesmo como membro de um pequeno grupo e as histórias vagas e relativamente abstratas, que se pode contar sobre si mesmo como cidadão do mundo. Sabe-se mais sobre a própria família do que sobre a aldeia em que vive, mais sobre a aldeia do que sobre a nação à qual pertence, mais sobre a nação do que sobre a humanidade como um todo, mais sobre o ser humano do que sobre ser simplesmente uma criatura viva. Estamos em uma posição melhor para decidir quais diferenças entre indivíduos são moralmente relevantes quando lidamos com aqueles que podemos descrever caudalosamente, e em uma posição pior quando lidamos com aqueles que somente podemos descrever de modo ralo. É por isso que, conforme os grupos se ampliam, a lei tem de substituir os costumes, e princípios abstratos tem de substituir a *phronésis*. Assim, os kantianos estão errados ao entenderem *phronésis* como um adensamento de princípios ralos e abstratos. Platão e Kant foram enganados pelo fato de os princípios abstratos estarem destinados a vencer lealdades paroquiais ao pensar que os princípios têm, de algum modo, prioridade sobre as lealdades – que o ralo, de algum modo, tem prioridade sobre o caudaloso.

A distinção caudaloso-ralo de Walzer pode ser comparada com a oposição de John Rawls entre um *conceito* compartilhado de justiça e várias *concepções* conflitantes de justiça. Rawls especifica a oposição como segue:

> O conceito de justiça, aplicado a uma instituição, significa, digamos, que a instituição não faz nenhuma distinção arbitrária entre pes-

soas dotadas de direitos básicos e deveres, e que suas regras estabelecem um equilíbrio adequado entre demandas competidoras (...) [Uma] concepção inclui, além disso, princípios e critérios para decidir que distinções são arbitrárias e quando um equilíbrio entre demandas competitivas é adequado. As pessoas podem concordar sobre o sentido da justiça e ainda serem divergentes, uma vez que afirmam princípios diferentes e padrões distintos para decidir as questões em jogo[4].

Parafraseada nos termos de Rawls, a questão de Walzer é que a *concepção* de justiça caudalosa 'plenamente ressonante', completada com distinções entre pessoas que importam mais e pessoas que importam menos, surge primeiro e com maior freqüência. O conceito ralo e sua máxima "não faça nenhuma distinção arbitrária entre sujeitos morais" são articulados somente em ocasiões especiais. Nessas ocasiões, o conceito ralo pode, freqüentemente, ser dirigido contra qualquer das concepções caudalosas a partir das quais emergiu, na forma de questionamentos sobre se não seria meramente arbitrário pensar que certas pessoas importam mais do que outras.

Nem Rawls nem Walzer acreditam, contudo, que o esvaziamento do conceito ralo de justiça, por si só, resolverá essas questões críticas ao fornecer um critério para arbitrariedade. Eles não pensam que podemos fazer o que Kant esperava fazer – derivar soluções de dilemas morais da análise de conceitos morais. Para colocar a questão na terminologia que estou sugerindo: não podemos resolver o conflito de lealdades afastando-nos delas em direção a algo categoricamente distinto de lealdade – a obrigação moral universal de agir justamente. Assim, temos de abandonar a idéia kantiana de que a lei moral começa pura, mas corre sempre o perigo de ser contaminada por sentimentos irracionais que introduzem discriminações arbitrárias entre as pessoas. Temos de substituir a

---

4. John Rawls, *Political liberalism* (Nova York, Columbia University Press, 1993), p. 14. [Ed. bras. *O liberalismo político*, 2ª ed. (trad. Dinah de Abreu Azevedo, São Paulo, Ática, 2000).]

idéia hegeliano-marxista de que a assim chamada lei moral é, na melhor das hipóteses, uma abreviação cômoda para uma rede concreta de práticas sociais. Isso significa abandonar a afirmação de Habermas de que a 'ética do discurso' articula uma pressuposição transcendental do uso da linguagem e aceitar a afirmação de seus críticos de que ela articula somente os costumes das sociedades liberais contemporâneas[5].

Agora, quero levantar a questão sobre descrever vários dilemas morais, com os quais iniciei, como conflito entre lealdade ou justiça, ou, antes, como conflito entre lealdades a grupos particulares, em uma forma mais concreta. Considere a questão sobre se as demandas por reforma levantadas no restante do mundo pelas democracias liberais do Ocidente são feitas em nome de algo não meramente ocidental – algo como moralidade ou humanidade ou racionalidade – ou são simplesmente expressões de lealdades locais, concepções de justiça ocidentais. Habermas diria que elas são do primeiro tipo. Eu diria que elas são do último tipo, mas que não são piores por causa disso. Penso que é melhor evitar dizer que o Ocidente liberal é mais bem informado sobre racionalidade e justiça e, em vez disso, dizer que, para o Ocidente, criar demandas sobre sociedades não liberais é simplesmente ser verdadeiro em relação a si mesmo.

Em um ensaio recente chamado 'The law of peoples', Rawls aborda a questão de se a concepção de justiça que desenvolve em seus livros é algo peculiarmente ocidental e liberal ou, antes, universal. Ele gostaria de ser capaz de afirmar a universalidade, e afirma que é importante evitar o 'historicismo'. Ele acredita que pode fazer isso

---

5. Esse tipo de debate está presente em boa parte da filosofia contemporânea. Compare, por exemplo, a oposição de Walzer entre o começo ralo ou caldaloso, e entre a noção platônica-chomskiana de que começamos com significados e chegamos ao uso, e a noção wittgenstiniana-davidsoniana de que começamos com o uso e, então, pinçamos o significado necessário para propósitos lexicográficos ou filosóficos.

se puder mostrar que a concepção de justiça adequada à sociedade liberal pode ser estendida para além dessas sociedades por meio da formulação do que ele chama "a lei dos povos"[6]. Ele sublinha, nesse artigo, uma extensão do procedimento construtivista proposto em seu livro *Uma teoria da justiça* – uma extensão que, por continuar a separar o direito do bem, leva-nos a abarcar sociedades liberais e não liberais sob uma mesma lei.

Contudo, à medida que Rawls desenvolve sua proposta construtivista, descobre-se que essa lei somente se aplica a pessoas *razoáveis*, em um sentido bem específico do termo 'razoável'. As condições que as sociedades não liberais devem honrar para serem "aceitas pelas sociedades liberais como membros bem posicionados numa sociedade dos povos" inclui o seguinte: "(...) seus sistemas de leis devem seguir uma concepção de justiça do bem comum (...) que leva imparcialmente em conta o que vê razoavelmente como interesses fundamentais de todos os membros da sociedade"[7].

Rawls considera o preenchimento dessa condição para eliminar a violação de direitos humanos básicos. Esses direitos incluem

> ao menos certos direitos mínimos aos meios de subsistência e segurança (o direito à vida), à liberdade (manter-se livre de escravidão, servidão e ocupações forçadas) e à propriedade (pessoal), tanto quanto à igualdade formal como expressa por regras de justiça natural (por exemplo, que casos similares sejam tratados similarmente)[8].

---

6. John Rawls, 'The laws of peoples', em S. Shute & S. Hurley (orgs.), *On human rights*: the Oxford amnesty lectures (Nova York, Basic Books, 1993), p. 44. Não estou certo da razão pela qual Rawls acha o historicismo indesejável, e há passagens, anteriores e recentes, em que ele parece se envolver bastante com o historicismo (cf. em nota 11 a passagem citada de seu recente 'Reply to Habermas'). Há alguns anos argumentei pela plausibilidade de uma interpretação historicista da metafilosofia de *Uma teoria da justiça*, de Rawls, em "The priority of democracy to philosophy", reeditado em *Objetivity, relativism and truth* (Cambridge, Cambridge University Press, 1991).

7. 'The law of peoples', pp. 81, 61.

8. Ibid., p. 62.

Quando Rawls explicita o que quer dizer ao afirmar que as sociedades não liberais admissíveis não devem ter doutrinas filosóficas e religiosas irrazoáveis, ele ressalta 'irrazoável', dizendo que essas sociedades devem "admitir uma medida de liberdade de consciência e de liberdade de pensamento, mesmo se essas liberdades não forem em geral iguais para todos os membros da sociedade". A noção de Rawls do que seja razoável, em resumo, delimita os membros das sociedades de povos àquelas sociedades cujas instituições endossam a maioria das conquistas duramente alcançadas pelo Ocidente nos dois séculos desde o Iluminismo.

A meu ver, Rawls não pode rejeitar o historicismo e convocar sua noção de razoabilidade. Pois o efeito dessa convocação é o de construir a maioria das recentes decisões do Ocidente sobre quais distinções entre pessoas são arbitrárias na concepção de justiça implícita à lei dos povos. As diferenças entre diferentes *concepções* de justiça, lembremos, são as diferenças entre quais características das pessoas são consideradas relevantes à adjudicação de suas demandas competitivas. Há, obviamente, suficiente espaço de manobra em frases como "casos similares deveriam ser tratados similarmente" para permitir argumentos de que crentes e infiéis, homens e mulheres, negros e brancos, homossexuais e heterossexuais devam ser tratados com relevante dissimilaridade. Há, então, espaço para argumentar que a discriminação na base de tais diferenças *não* é arbitrária. Se vamos excluir da sociedade de povos as sociedades em que não é permitido aos homossexuais infiéis trabalhar em certas ocupações, essas sociedades podem dizer com razão que estamos, ao excluí-las, apelando para algo que não é universal, exceto para o desenvolvimento recente da Europa e da América.

Concordo com Habermas quando ele diz que "o que Rawls de fato prejulga com o conceito de 'overlapping consensus'* é a dis-

---

* A expressão *ovelapping consensus* é mais um conceito básico de Rawls do que um termo explicativo em geral. Tem sido aceita na literatura da filosofia social, teo-

tinção entre formas modernas e pré-modernas de consciência, entre interpretações de mundo 'razoáveis' e 'dogmáticas'", mas discordo de Habermas, como penso que Walzer também discordaria, quando ele diz que Rawls

> pode defender o primado do direito sobre o bem com o conceito de *overlapping consensus* somente se for verdade que as visões de mundo pós-metafísicas, que tem se tornado reflexivas sob condições modernas, são epistemologicamente superiores às visões de mundo fundamentalistas e, portanto, dogmaticamente fixadas somente se tal distinção puder ser feita com clareza absoluta.

A questão de Habermas é que Rawls necessita de um argumento a partir de premissas válidas transculturalmente para afirmar a superioridade do Ocidente liberal. Sem tal argumento, ele diz, "a desqualificação de doutrinas 'irrazoáveis' que não podem harmonizar com o conceito 'político' de justiça proposto é inadmissível"[9].

---

ria do direito, sociologia e ciência política no Brasil, sem que se tenha tentado algum tipo, digamos, de tradução. A noção de *overlap* utilizada por Rawls para gerar o adjetivo *overlapping* é a de 'parte comum pontual', a de 'parcialmente coincidente'. O melhor modo de compreender a noção é tomá-la como ela é apresentada por Rawls: "(...) *overlapping consensus*: um *consensus* em que a mesma concepção política é endossada por doutrinas opostas, compreensíveis e razoáveis que ganham um corpo, significativo de seguidores e que passam de uma geração a outra". Cf. John Rawls, *Justice as fairness* (Cambridge e Londres, The Belknpa Press of Harvard University Press, 2001). (N. de T.)

9. Todas as citações deste parágrafo são de: Jürgen Habermas, *Justification and application:* remarks on discourse ethics (Cambridge, MIT Press, 1993), p. 95. Habermas comenta nessa obra o uso de Rawls de 'razoável' em textos anteriores a 'The law of peoples', uma vez que este foi publicado depois do livro de Habermas.

Quando escrevi o presente *paper*, os debates entre Rawls e Habermas publicados em *The Journal of Philosophy* (v. 92, n. 3, março de 1995) ainda não haviam surgido. Essas trocas de impressões raramente tocam na questão do historicismo *versus* universalismo. Mas uma passagem em que a questão emerge explicitamente pode ser encontrada na p. 179 de 'Reply to Habermas', de Rawls: "Justiça como lealdade é substancial (...) no sentido de que ela pertence à tradição do pensamento liberal e à comunidade mais ampla da política cultural das sociedades democráticas, e emerge delas. Ela fracassa, portanto, em ser adequadamente formal e verdadeiramente universal, assim como fracassa em fazer parte das pressuposições quase-transcendentais (como Habermas algumas vezes diz) estabelecidas pela teoria da ação comunicativa".

Essas passagens deixam claro por que Habermas e Walzer estão em pólos opostos. Walzer toma como certo que não pode existir algo como uma demonstração não circular da superioridade epistêmica da idéia ocidental de razoabilidade. Não há, para Walzer, um tribunal transcultural da razão diante do qual se possa julgar a questão da superioridade. Walzer está pressupondo o que Habermas chama de "um contextualismo forte para o qual não há uma 'racionalidade' única". Sobre essa concepção, Habermas acrescenta: "'racionalidades' individuais estão correlacionadas com culturas diferentes, concepções de mundo, tradições ou estilos de vida. Cada uma delas é vista como articulada internamente com uma compreensão particular do mundo"[10].

Penso que a abordagem construtivista de Rawls a respeito da lei dos povos pode funcionar se ele adotar o que Habermas chama de um 'forte contextualismo'. Fazer isso significaria tanto abandonar a tentativa de escapar do historicismo quanto a tentativa de fornecer um argumento universalista para as mais recentes visões ocidentais sobre quais diferenças entre as pessoas são arbitrárias. O ponto forte de *Thick and thin*, de Walzer, parece-me sua explicitação da necessidade disso. O ponto fraco da explicação de Rawls sobre o que está fazendo reside na ambigüidade entre dois sentidos de universalismo. Quando Rawls diz que "uma doutrina liberal construtivista é universal em seu alcance, desde que estendida à (...) lei dos povos"[11], ele não está dizendo que ela é universal em sua validade. Alcance universal é uma noção que combina com o construtivismo, mas a noção de validade universal, não. É essa última que Habermas requer. É por isso que Habermas acredita que precisamos de um arsenal filosófico realmente pesado, com base no modelo de Kant – motivo pelo qual Habermas insiste que somente as pressuposições transcendentais de alguma prática comunicativa possível fa-

---

10. Loc. cit.
11. 'The law of peoples', p. 46.

rão o serviço[12]. Para ser leal ao seu próprio construtivismo, penso eu, Rawls tem de concordar com Walzer de que esse serviço não necessita ser feito.

A noção de 'razão' não raro é evocada por Rawls e Habermas, e quase nunca por Walzer. Em Habermas, essa noção está sempre relacionada com a de validade livre do contexto. Em Rawls, as coisas são mais complicadas. Ele distingue o razoável do racional, usando a última noção para se referir simplesmente ao tipo de racionalidade meio-fins empregada em engenharia, ou no funcionamento do *modus vivendi* hobbesiano. Mas ele freqüentemente evoca uma terceira noção, a de 'razão prática', como quando diz que a autoridade de uma doutrina liberal construtivista "repousa sobre os princípios e as concepções de uma razão prática"[13]. O uso de Rawls desse termo kantiano pode soar como se ele concordasse com Kant e Habermas de que há uma faculdade humana distribuída universalmente chamada razão prática (existindo *a priori*, e funcionando completamente independente da história recente do Ocidente), uma faculdade que nos diz o que conta e o que não conta como distinção arbitrária entre pessoas. Essa faculdade faria o serviço que Habermas acredita precisar ser feito: detectar a validade moral transcultural.

Mas isso não pode, penso eu, ser o que Rawls pretende. Pois ele também diz que seu próprio construtivismo difere daquele das perspectivas filosóficas que apelam para uma fonte de autoridade, e em que "a universalidade da doutrina é a conseqüência direta de sua fonte de autoridade". Como exemplo de fontes de autoridade, ele cita a "razão (humana), ou um reino independente de valores

---

12. Minha própria perspectiva é a de que não precisamos, nem em epistemologia nem em filosofia moral, da noção de validade universal. Argumento por isso em Richard Rorty, 'Sind Aussagen Universelle Geltungsansprüche?', *Deutsche Zeitschrift für Philosophie* (Band 42, jun. 1994), pp. 975-88. Habermas e Apel consideram minha perspectiva paradoxal e passível de produzir uma autocontradição performativa.

13. 'The law of peoples', p. 46.

morais, ou qualquer outra base de validade universal proposta"[14]. Assim, penso que devemos interpretar sua frase "os princípios e as concepções de razão prática" como se referindo a princípios e concepções *quaisquer* que, de fato, são alcançados no curso de criação de uma comunidade.

Rawls enfatiza que criar uma comunidade não é o mesmo que definir *modus vivendi* – uma tarefa que apenas requer uma racionalidade de meios-fins, não uma razão prática. Um princípio ou uma concepção pertencem à razão prática, no sentido de Rawls, se emergirem no curso desenvolvido pelas pessoas, curso que começa caudaloso e chega a ralo, portanto, num caminho que desenvolve um *overlapping consensus* e fixa uma comunidade moral mais inclusiva. Não pertenceria assim se tivesse emergido sob a ameaça da força. A razão prática é, para Rawls, por assim dizer, mais uma questão de procedimento do que de substância – mais de como concordamos sobre o que fazer, do que sobre o que concordamos.

Essa definição de razão prática indica que talvez exista somente uma diferença verbal entre as posições de Rawls e Habermas. Pois a própria tentativa de Habermas de substituir a 'razão centrada no sujeito' pela 'razão comunicativa' é, em si mesma, um movimento na direção de substituir 'o quê' pelo 'como'. O primeiro tipo de razão é uma fonte de verdade, verdade de algum modo coetânea da mente humana. O segundo tipo de razão não é fonte de coisa alguma, mas simplesmente a atividade de justificar afirmações oferecendo argumentos e não ameaças. Como Rawls, Habermas foca mais a diferença entre persuasão e força, do que, como Platão e Kant focalizaram, a diferença entre duas partes da pessoa humana – uma parte racional e boa e uma outra parte dúbia e passional ou sensual. Ambos retiram a ênfase na noção de *autoridade* da razão – a idéia da razão como uma faculdade que dispõe de decretos – e substituem a noção de racionalidade como o que está presente em algum lugar da comunicação en-

---

14. Ambas citações são de 'The law of peoples', p. 45.

tre pessoas, em que elas tentam justificar suas afirmações umas para as outras em vez de se ameaçarem mutuamente.

As similaridades entre Rawls e Habermas parecem ainda maiores à luz do endosso de Rawls da resposta de Thomas Scanlon à "questão fundamental de por que alguém deveria cuidar de toda e qualquer maneira da moralidade", a saber, que "temos um desejo básico de ser capaz de justificar nossas ações em relação a outros sobre bases que eles não poderiam razoavelmente rejeitar – razoavelmente, isto é, dado o desejo de achar princípios que outros com motivação similar não poderiam rejeitar razoavelmente"[15]. Isso sugere que os dois filósofos poderiam concordar com a seguinte afirmação: a única noção de racionalidade de que necessitamos, ao menos em filosofia moral e social, é a de uma situação em que as pessoas não possam dizer "seus próprios interesses ordinários ditam que você concorde com a nossa proposta", mas sim "suas próprias crenças centrais, as que são centrais para sua própria identidade moral, indicam que você deveria concordar com nossa proposta".

A noção de racionalidade pode ser delimitada, usando-se a terminologia de Walzer, dizendo-se que a racionalidade é encontrada onde as pessoas visualizam a possibilidade de tirar de situações caudalosas diferentes uma mesma situação rala. Apelar a interesses, em vez de a crenças, é encorajar um *modus vivendi*. Esse apelo é exemplificado pela fala dos embaixadores atenienses aos infelizes melos, como contou Tucídides. Apelar para crenças duradouras tanto quanto para interesses ordinários é sugerir que o que lhe fornece sua *presente* identidade moral – seu complexo de crenças caudaloso e ressonante – pode tornar possível o desenvolvimento de sua identidade moral nova, suplementar[16]. É sugerir que aquilo que o faz leal

---

15. Aqui, a citação foi feita a partir do resumo de Rawls da visão de *Political liberalism*, de Thomas Scanlon, p. 49.
16. Walzer acha que é bom ter muitas identidades morais diferentes. "Caudalosos, os eus divididos são os produtos característicos de, e por seu turno requerem, uma sociedade caudalosa, diferenciada e pluralista" (*Thick and thin*, p. 101).

a um pequeno grupo lhe poderia dar razão para a cooperação na construção de um grupo maior, um grupo ao qual seria possível, com o tempo, tornar-se igualmente leal, ou talvez até mesmo mais leal. A diferença entre a ausência e a presença de racionalidade, nessa abordagem, é a diferença entre uma ameaça e uma oferta – a oferta de uma nova identidade moral e, portanto, de uma lealdade nova e mais ampliada, uma lealdade para com um grupo formado por uma concordância não forçada entre pequenos grupos.

Na esperança de minimizar ainda mais o contraste entre Habermas e Rawls, e de reaproximá-los de Walzer, quero sugerir um modo de pensar a racionalidade que poderia ajudar a resolver o problema que apresentei inicialmente: o problema de se justiça e lealdade são de tipos diferentes, ou se a demanda por justiça é simplesmente a demanda por uma lealdade ampliada. Eu disse que essa questão parecia desembocar na questão de se justiça e lealdade vinham de fontes diferentes – razão e sentimento, respectivamente. Se a última distinção desaparece, a primeira não parecerá particularmente útil. Mas, se por racionalidade queremos dizer, simplesmente, o tipo de atividade que Walzer pensa como aquele processo de ir tornando tudo mais ralo – o tipo que, com sorte, alcança a formulação e a utilização de um *overlapping consensus* –, então a idéia de que a justiça tenha fonte diferente da lealdade não parecerá mais plausível[17].

Pois, nessa abordagem da racionalidade, ser racional e adquirir uma lealdade ampliada são duas descrições da mesma atividade. Isso porque *qualquer* concordância não forçada entre indivíduos e grupos sobre o que fazer para criar uma forma de comunidade será, com sorte, um estágio inicial na expansão dos círculos daqueles cujos partidos em concordância tiveram previamente de ser considerados

---

17. Note que, no sentido semitécnico de Rawls, um *overlapping consensus* não é o resultado da descoberta de que várias perspectivas abrangentes já compartilham doutrinas comuns, mas a idéia de que algo que talvez nunca emergisse, se não tivesse os proponentes dessas perspectivas, não iniciou uma tentativa de cooperação.

como "pessoas como nós". A oposição entre argumento racional e sentimento de camaradagem, então, começa a se dissolver. Pois o sentimento de camaradagem pode emergir, e geralmente emerge, da percepção de que as pessoas com quem entraríamos em guerra e sobre quem usaríamos a força são, no sentido de Rawls, 'razoáveis'. Elas são, descobre-se, suficientemente semelhantes a nós em enxergar a questão dos diferentes compromissos no sentido de viver em paz, e do cumprimento de acordos que foram firmados. Elas são, ao menos em algum grau, confiáveis.

A partir desse ponto, a distinção de Habermas entre o uso estratégico da linguagem e um uso genuinamente comunicativo da linguagem começa parecer uma diferença entre posições em um espectro – um espectro de graus de confiança. A sugestão de Baier de que assumimos a confiança antes do que a obrigação como nosso conceito moral fundamental, então, produziria um borrão na linha entre manipulação retórica e argumento genuíno que busca validade – uma linha que penso que Habermas acentua demais. Se paramos de pensar a razão como uma fonte de autoridade, e a vermos simplesmente como o processo de alcançar concordância pela persuasão, então a dicotomia kantiana e platônica padrão entre razão e sentimento se extinguirá. Essa dicotomia pode ser substituída por uma linha contínua de graus de crença e desejos coincidentes em alguns pontos[18]. Quando pessoas cujos comportamentos e desejos que não coincidem são bastante discordantes, elas têm a tendência

---

18. Penso que Davidson demonstrou que dois seres que usam a linguagem para se comunicar um com o outro necessariamente compartilham um número enorme de crenças e desejos. Ele mostrou, portanto, a incoerência da idéia de que as pessoas possam viver em mundos separados e criados pelas diferenças de cultura ou *status* ou fortuna. Há sempre um imenso *overlap* – um imenso exército de reserva de crenças e desejos comuns que podem ser acionados quando necessário. Mas esse imenso *overlap* não evita, é claro, acusações de loucura ou de bruxarias diabólicas. Pois somente uma quantidade diminuta de *nonoverlap* sobre certas questões particularmente sensíveis (a fronteira entre dois territórios, o nome do Deus Único Verdadeiro) pode conduzir a tais acusações e, por fim, à violência.

de pensar que o outro é maluco ou, de modo mais polido, irracional. Quando há considerável coincidência, no entanto, elas podem concordar em divergir e considerar o outro como o tipo de pessoa com quem se pode viver – e, por fim, talvez, o tipo de pessoa com quem se pode firmar amizade, casamento e assim por diante[19].

Preconizar as pessoas a ser racionais é, na perspectiva que ofereço, simplesmente sugerir que, em algum lugar em meio a crenças e desejos, pode haver recursos suficientes para permitir a concordância sobre como coexistir sem violência. Concluir que alguém é irremediavelmente *ir*racional não é perceber que tal pessoa não está fazendo um uso adequado de suas faculdades dadas por Deus. É, antes, perceber que tal pessoa não parece compartilhar crenças e desejos conosco de modo suficiente a tornar possível uma conversação frutífera sobre questões em disputa. Assim, relutantemente concluímos que temos de abandonar a tentativa de ampliar sua identidade moral e colocar em funcionamento um *modus vivendi* – algo que possa envolver ameaça ou mesmo o uso da força.

Uma noção mais forte de racionalidade, mais kantiana, seria invocada se alguém dissesse que ser racional garante uma pacífica resolução de conflitos – aquela noção que diz que, se as pessoas estão dispostas o bastante para caminhar juntas raciocinando, então o que Habermas chama de "a força do melhor argumento" as conduzirá à concordância[20]. Essa noção mais forte de racionalidade me soa bastante inútil. Não vejo propósito em dizer que é mais racional preferir seus vizinhos à sua família em um holocausto nuclear, ou preferir estancar ganhos financeiros no mundo a preservar as instituições das sociedades liberais do Ocidente. Usar a palavra 'racional' para reconhecer a solução escolhida por alguém para tais dilemas ou usar

---

19. Devo essa linha de pensamento sobre como reconciliar Habermas e Baier a Mary Rorty.
20. Essa noção de 'o melhor argumento' é central para o entendimento da racionalidade de Habermas e Apel. Critiquei essa noção no artigo de Rawls citado na nota 14.

a expressão "render-se à força do melhor argumento" para caracterizar o modo de fazer as pazes com sua consciência é fazer a si mesmo elogios vazios.

De modo mais geral, a idéia de 'melhor argumento' só faz sentido se for possível identificar uma relação transcultural natural de relevância, que conecta proposições de modo a formar algo como a 'ordem natural das razões' de Descartes. Sem essa ordem natural, pode-se somente avaliar argumentos por sua eficácia de produzir concordância entre pessoas ou grupos particulares. Mas a noção requerida de relevância intrínseca, natural – a relevância ditada não pela necessidade de alguma comunidade, mas pela razão humana como tal –, não parece mais plausível ou útil do que aquela de um Deus cuja Vontade pode ser invocada para resolver conflitos entre comunidades. É, penso eu, uma versão meramente secularizada daquela primeira noção.

Sociedades não-ocidentais, no passado, foram certamente céticas em relação aos conquistadores que explicaram que eles as tinham invadido por obediência a ordens divinas. Mais recentemente, elas têm sido céticas em relação aos ocidentais que sugerem que deveriam adotar modos ocidentais para se tornarem mais racionais. (Essa sugestão foi abreviada por Ian Hacking em: 'Mim racional, você Jane'.) Na abordagem da racionalidade, recomendo, ambas as formas de ceticismo estão igualmente justificadas. Mas isso não significa negar que essas sociedades *deveriam* adotar modos recentes ocidentais, por exemplo, por meio do abandono da escravidão, da tolerância da prática religiosa, da educação das mulheres, da permissão de casamentos entre pessoas de raças e etnias diferentes, da tolerância com a homossexualidade, da escrupulosa objeção contra a guerra, e assim por diante. Como ocidental leal, penso que eles deveriam certamente fazer todas essas coisas. Concordo com Rawls sobre o que considerar como abordagem razoável, e sobre que espécie de sociedades nós, ocidentais, deveríamos aceitar como membros de uma comunidade moral global.

Mas penso que a retórica que nós, ocidentais, usamos na tentativa de conseguir que todos sejam parecidos conosco seria melhorada se fôssemos mais francamente etnocêntricos e menos supostamente universalistas. Seria melhor dizer: aqui está o que, no Ocidente, parece ser um resultado da interrupção da escravidão, do começo da educação das mulheres, da separação entre igreja e Estado, e assim por diante. Aqui está o que aconteceu após começarmos a tratar como arbitrárias certas distinções morais entre pessoas em vez de repletas de significância moral. Se tratarmos as distinções desse modo, talvez apreciemos os resultados. Dizer esse tipo de coisa parece preferível a falar: veja o quanto somos muito melhores em saber quais diferenças são arbitrárias entre pessoas e quais não são – como somos muito mais *racionais*.

Se nós, ocidentais, pudéssemos nos livrar da noção de obrigações morais universais criadas por membros da mesma espécie, e substituir a idéia de construção de uma comunidade de confiança entre nós e os outros, poderíamos estar em uma posição melhor para persuadir os não-ocidentais das vantagens de se juntarem a nós nessa comunidade. Poderíamos ser mais capazes de construir o tipo de moral global que Rawls descreve em 'The law of peoples'. Ao fazer tal sugestão, insisto, como em ocasiões anteriores, precisamos separar o liberalismo ligado ao Iluminismo do racionalismo articulado ao Iluminismo.

Penso que descartar o racionalismo residual do que herdamos do Iluminismo é conveniente por muitas razões. Algumas delas são teóricas e somente de interesse para professores de filosofia, tal como a aparente incompatibilidade da teoria da verdade como correspondência com a abordagem naturalista da origem das mentes humanas[21]. Outras são mais práticas. Uma delas é que se livrar da

---

21. Para a afirmação de que tal teoria da verdade é essencial à 'Tradição racionalista da cultura ocidental', cf. John Searle, 'Rationality and realism: what difference does it make?', *Daedalus*, v. 122 (n. 4, outono de 1992), pp. 55-84. Cf. minha réplica em:

retórica racionalista permitiria ao Ocidente aproximar-se do não-Ocidente no papel de alguém com uma história instrutiva para contar, mais do que no papel de alguém que se considera fazendo melhor uso de uma capacidade humana universal.

'Does academic freedom have philosophical presuppositions?', *Academe*, v. 80 (n. 6, nov./dez. 1994), pp. 52-63. Eu argumento que seria melhor ficarmos sem a noção de 'conseguir algo certo', e que escritores como Dewey e Davidson nos mostraram como manter o racionalismo do Ocidente sem a obsessão filosófica causada pela tentativa de explicar essa noção.

A filosofia e o futuro

Os filósofos passaram a se preocupar com as imagens do futuro somente após terem desistido da esperança de ganhar o conhecimento do eterno. A filosofia começa com a tentativa de escapar para um mundo no qual nada jamais mudaria. Os primeiros filósofos presumiram que as diferenças entre o fluxo do passado e o do futuro seriam insignificantes. Somente quando começaram a considerar o tempo seriamente, suas esperanças sobre o futuro desse mundo gradualmente substituíram o desejo pelo conhecimento do outro mundo.

Para Blumenberg, os filósofos começaram a perder o interesse pelo eterno a partir do fim da Idade Média, e o século XVI, de Bruno e Bacon, foi o período em que a filosofia começou a tentar levar o tempo a sério. Blumenberg provavelmente está certo, mas essa perda de interesse só começou a adquirir completa autoconsciência no século XIX. Esse foi o período em que a filosofia ocidental, sob a égide de Hegel, desenvolveu detalhadas e explícitas dúvidas não apenas sobre a tentativa platônica de escapar do tempo, mas sobre o projeto kantiano de descobrir condições a-históricas para as possibilidades dos fenômenos temporais. Foi nessa época também que, graças a Darwin, tornou-se possível aos seres humanos verem a si próprios como continuidade da natureza – como cada vez mais temporais e contingentes, mas nem por isso piores. A influência combinada de Hegel e Darwin afastou a filosofia da questão 'o que somos?' e a aproximou da questão 'em que podemos nos tornar?'.

Essa mudança influenciou na imagem que os filósofos tinham de si mesmos. Enquanto Platão e mesmo Kant esperavam investigar a sociedade e a cultura nas quais viviam de um ponto de vista externo, o ponto de vista da verdade inelutável e imutável, os filósofos posteriores pouco a pouco abandonaram tais esperanças. Apenas na medida em que levamos a sério o tempo, nós, filósofos, abandonamos a prioridade da contemplação pela da ação. Temos de concordar com Marx que nosso trabalho é ajudar a fazer o futuro diferente do passado, em vez de alegar conhecer o que o futuro deve necessariamente ter em comum com o passado. Temos de mudar do tipo de papel que os filósofos compartilharam com sacerdotes e sábios para um papel social que tenha mais a ver com o de engenheiros e advogados. Enquanto sacerdotes e sábios podem estabelecer suas próprias agendas, os filósofos contemporâneos, assim como engenheiros e advogados, devem descobrir do que seus clientes necessitam.

Desde que Platão inventou a filosofia para escapar das necessidades transitórias, e para ficar acima da política, considerar Hegel, Darwin e o tempo seriamente tem sido descrito com freqüência como a 'despedida da filosofia' ou o 'fim' da filosofia. Contudo, abandonar Platão e Kant não é o mesmo que abandonar a filosofia. Pois podemos oferecer descrições melhores dos feitos de Platão e de Kant do que eles foram capazes de dar de si próprios. Podemos descrevê-los como resposta à necessidade de substituir uma auto-imagem humana que havia se tornado obsoleta pela mudança cultural e social por uma nova imagem, uma auto-imagem mais bem adaptada aos resultados dessas mudanças. Podemos acrescentar que a filosofia provavelmente não vai acabar enquanto existirem mudanças social e cultural. Pois tais mudanças geralmente tornam obsoletas as descrições de nós mesmos e de nossas situações. Elas criam a necessidade de uma nova linguagem para se formularem novas descrições. Somente uma sociedade sem política – ou seja, uma sociedade governada por tiranos que impedem a mudança social e cultural – não necessitaria mais dos filósofos. Em tais sociedades, em que não há política, os filósofos podem ser somente sacerdotes a serviço de uma religião de Estado. Em sociedades livres, sempre haverá a necessidade de seus serviços, pois elas nunca param de mudar, portanto nunca param de tornar obsoletos os velhos vocabulários.

Para Dewey – filósofo que, tal como Marx, admirou Hegel e Darwin em igual medida – nós, ao abandonarmos a auto-imagem comum a Platão e Kant, a imagem de um conhecedor das necessidades incondicionais e a-históricas, tomamos a filosofia como emergindo "de um conflito entre as instituições herdadas e as novas tendências (...) conflito este que pode ser pretensiosamente ilusório quando é formulado em distinções metafísicas", mas, disse Dewey, "tornando-se intensivamente significante quando conectado à luta das idéias e das crenças sociais"[1].

Dewey levou a sério a famosa observação de Hegel de que a filosofia apenas pinta de cinza uma forma de vida que já envelheceu. Para Dewey, isso significava que a filosofia era sempre parasita do progresso na sociedade e na cultura, sempre uma reação a esse progresso. Dewey interpretou a insistência de Hegel na historicidade como a reivindicação de que os filósofos não tentassem ser a vanguarda da sociedade e da cultura, contentando-se em fazer a mediação entre o passado e o futuro. Seu trabalho é o de alinhavar as crenças velhas e novas de modo que elas possam cooperar em vez de interferir umas nas outras. Da mesma forma que engenheiros e advogados, o filósofo é útil na solução de problemas particulares que emergem em situações particulares – situações em que a linguagem do passado está em conflito com as necessidades do futuro.

---

1. John Dewey, *Reconstruction in philosophy* (Carbondale, Harvard University Press, 1976), p. 94.

Ofereço três exemplos de tais conflitos. O primeiro é a necessidade de reconciliar as intuições morais vestidas pela linguagem da teologia cristã com a nova imagem de mundo que emergiu no século XVII: a imagem científica. Naquele século e no seguinte, os filósofos tentaram achar um modo de ver as intuições morais como algo que não estivesse sob o comando de uma divindade cuja existência era difícil de reconciliar com uma imagem do mundo mecanizado oferecida por Galileu e Isaac Newton. Vistos desse ângulo, os sistemas de Gottfried Leibniz, Kant e Hegel são sugestões variadas sobre como reconciliar ética cristã e ciência copernicana-galileana – sobre como evitar que essas duas coisas boas mutuamente se prejudiquem.

Meu segundo exemplo é a sugestão darwiniana de pensarmos os seres humanos como animais mais complexos, em vez de animais com um ingrediente a mais chamado 'intelecto' ou 'alma racional'. Essa sugestão lança dúvida não somente sobre a esperança de escapar do tempo mas também sobre a distinção entre adaptação à realidade e conhecimento da realidade. Darwin fez os filósofos perceberem que teriam de redescrever as atividades humanas de um modo em que não mais fosse preciso invocar uma descontinuidade no desenvolvimento da evolução. Isso significou redescrever a relação entre evolução biológica e evolução cultural de um modo que borrou a distinção entre natureza e espírito – uma distinção que todos, de Platão a Hegel, exceto por excêntricos esporádicos como Hobbes e Hume, haviam tomado como garantida.

As novas demandas sobre os filósofos, criadas pelo êxito da explicação de Darwin a respeito da origem da humanidade, foram entrelaçadas com essas criadas pelo meu terceiro exemplo de novidade extrafilosófica: a emergência da democracia de massa. Diferentemente das duas primeiras, essa terceira novidade veio da experiência política, e não do engenho científico. A democracia de massa – o êxito efetivo na prática da sugestão de que todos aqueles afetados pelas decisões políticas devem ter o poder de influenciar essas decisões – põe em perigo a distinção entre a busca racional da verdade pelo sábio e o fluxo da paixão que caracteriza as massas. Quando tomada em conjunto com a perda da distinção humano-animal, a prática de democracia de massas lança dúvida sobre toda a extensão de outras distinções: aquelas entre o cognitivo e o não-cognitivo, razão e paixão, lógica e retórica, verdade e utilidade, filosofia e sofística. Uma das possibilidades que o sucesso da democracia de massa deu aos filósofos foi a de basear essas distinções em termos de diferença política entre consenso livre e consenso forçado, em vez de em termos da distinção metafísica entre o incondicional e o condicional.

Os sistemas de Dewey, Henri Bergson e Alfred Whitehead foram tentativas de acomodar Darwin, e assim manter o que era útil nos velhos dualismos já no interior de uma linguagem, por assim dizer, profundamente temporalizada. Os esforços de Bertrand Russell e de Edmund Husserl em dividir a cultura por meio de uma linha entre questões filosóficas *a priori* e questões empíricas *a posteriori* foram outras tentativas de acomodar Darwin: eles procuraram tornar a cultura democrática segura para a filosofia transcendental fazendo com que Darwin parecesse irrelevante diante de Kant.

Visto desse modo, o contraste entre Dewey e Russell, ou entre Bergson e Husserl, não é um contraste entre duas tentativas de representar acuradamente nossa natureza a-histórica e nossa situação, mas, ao contrário, é o contraste entre duas tentativas de mediar épocas históricas, reconciliar a nova verdade com a velha verdade. Dewey e Russell foram igualmente entusiastas da mecânica newtoniana, da biologia darwiniana e da democracia de massa. Além disso, nem um nem outro pensou que a filosofia pudesse fornecer fundamentos para qualquer desses três saberes. Ambos acreditavam que a questão era como mudar modos familiares de falar de forma a não pressupor uma metafísica ou uma psicologia metafísica que entrasse em conflito com esses três desenvolvimentos culturais. Suas diferenças foram mais a respeito dos meios do que sobre os fins – sobre como mudar radicalmente as descrições que Platão e Kant haviam feito dos seres humanos, preservando os elementos úteis em seus trabalhos e descartando os que se tornaram obsoletos.

Contudo, se adotarmos a imagem de Dewey a respeito da tarefa do filósofo, temos de abandonar a distinção marxista entre ciência e ideologia, e a distinção, proposta tanto por Russel quanto por Husserl, entre o *a priori* e o *a posteriori*. De modo mais geral, temos de abandonar todas as tentativas de fazer da filosofia uma atividade tão autônoma quanto ela foi imaginada antes de os filósofos começarem a considerar o tempo seriamente. Dewey, mas não Russell, conseguiu adotar a sugestão de John Locke de que o papel do filósofo é o de um trabalhador não qualificado, que limpa o lixo do passado para abrir espaço para a construção do futuro. Entretanto, penso que Dewey teria admitido que o filósofo também é capaz de fundir esse papel de trabalhador não qualificado com o papel de profeta. Tal combinação é encontrada em Bacon e Descartes, que articularam a tentativa de limpar o lixo aristotélico com visões de um futuro utópico. Do mesmo modo, o esforço de Dewey para tirar a filosofia do domínio de Kant, o esforço de Habermas para desenredá-la do que ele chama 'filosofia da consciência' e o esforço de Derrida de livrá-la do que ele denomina de 'metafísica da presença' estão todos relacionados com profecias sobre uma sociedade completamente democrática cuja realização seria acelerada por esses esforços.

Deixar de se preocupar com a autonomia da filosofia significa, entre outras coisas, desistir de traçar linhas claras entre questões filosóficas e questões políticas, religiosas ou estéticas. A filosofia não desempenhará o modesto mas essencial papel que Dewey a designou, e então não conseguirá levar o tempo a sério, a menos que nós, filósofos, estejamos dispostos a aceitar determinada desprofissionalização e a adquirir certa despreocupação em relação a quando fazemos ou não filosofia. Teremos de parar de nos preocupar com a pureza de nossa disciplina e parar de encenar a nós mesmos, não somente do modo grandioso com que Hegel e Marx encenaram a si mesmos, mas, também, do modo menos espetacular com que Russell e Husserl encenaram a si mesmos.

Se pararmos de nos envaidecer por conta de nossa posição no topo da hierarquia das disciplinas, se deixarmos de identificar nossa prática profissional com 'pensamento racional' ou 'pensamento claro', estaremos em uma situação melhor para concordarmos com a posição de Dewey de que nossa disciplina não é mais capaz de estabelecer sua própria agenda do que a engenharia e a jurisprudência. Essa constatação nos ajudaria a dispensar a idéia de que desenvolvimentos científicos ou políticos requerem 'fundamentos filosóficos' – a idéia de que o juízo sobre a legitimidade de novidades culturais deve ser suspenso até que nós, filósofos, possamos identificá-los como autenticamente racionais.

Os filósofos que se especializaram em antifundacionismo, contudo, freqüentemente se vêem como revolucionários e não como varredores de lixo ou visionários. Então (ai de mim!), eles se tornam vanguardistas. Começam a dizer que nossa linguagem e nossa cultura necessitam de uma mudança radical antes que nossa esperança utópica possa ser realizada, e que os filósofos são justamente as pessoas que devem iniciar essas mudanças. Essa insistência na radicalidade é um fundacionismo às avessas. É a insistência de que nada pode mudar, a menos que nossas crenças filosóficas mudem. O vanguardismo filosófico comum a Marx, Nietzsche e Heidegger – o desejo de tornar imediatamente novas todas as coisas, e que insiste que nada pode mudar a menos que tudo mude – parece-me uma das duas tendências contemporâneas da filosofia que deveriam ser desencorajadas.

A outra tendência é, como já sugeri, o desejo de dirigir-se à profissionalização: o desejo de manter nossa disciplina intacta e autônoma por meio da especialização de competência. Essa manobra defensiva é visível sempre que alguém encontra um filósofo dizendo que pretende limitar-se aos 'problemas da filosofia', como se houvesse uma lista bem conhecida desses problemas, uma lista caída do céu e mantida intacta por várias gerações. Essa tentativa de escapar do tempo e da mudança, de esquecer Hegel e filiar-se a Kant, é comum na comunidade filosófica anglófona, comunidade que se descreve como praticante da filosofia 'analítica'.

Hilary Putnam me parece certa em dizer que muito da filosofia analítica degenerou em disputas entre diferentes 'intuições' de professores de filosofia – intuições sobre questões que estão, como Putnam diz, "longe de ter significância prática ou espiritual"[2]. O desejo de harmonizar intuições preexistentes substituiu a tarefa de perguntar se o vocabulário em que essas intuições estão formuladas é útil para alguém. Essa recusa reforça a convicção de que os problemas da filosofia são eternos e passíveis de ser estudados por uma disciplina que trabalha independentemente da mudança social e cultural. Tal recusa e tal convicção foram as características do período na história da filosofia ao qual agora nos referimos como 'escolasticismo decadente'. Sempre que os filósofos começam a se orgulhar de si mesmos por conta da autonomia de sua disciplina, o perigo desse escolasticismo reaparece.

Enquanto a filosofia contemporânea anglófona se tornou superprofissionalizada, a filosofia não-anglófona geralmente é superambiciosa e vanguardista. Ela procura o tipo de crítica radical que Marx ofereceu da assim chamada cultura burguesa do século XIX – uma crítica feita em um mesmo tom de desdém que os marxistas tornaram tão familiar. Contudo, o desgosto com ambas filosofias, isto é, com o caráter escolástico da filosofia analítica e com a pretensão de vanguardismo das tendências não-analíticas em filosofia, tem conduzido a um terceiro perigo: o chauvinismo. Ocasionalmente pode-se

---

2. Hilary Putnam, *Renewing philosophy* (Cambridge, Harvard University Press, 1992), p. 139.

encontrar filósofos dizendo que seu próprio país ou sua própria região requer uma filosofia distinta: que cada geração necessita de seu próprio hino e de sua própria bandeira. Mas, enquanto romancistas e poetas podem utilmente criar uma literatura nacional, uma literatura na qual os jovens possam achar encravada uma narrativa que tem a ver com o despertar e com o desenvolvimento da nação na qual são cidadãos, duvido que haja alguma tarefa análoga a ser cumprida pelos filósofos. Nós, filósofos, somos bons na construção de pontes entre nações, em iniciativas cosmopolitas, mas não em contar histórias. Quando contamos histórias, elas tendem a ser ruins, como as histórias que Hegel e Heidegger contaram aos alemães sobre eles mesmos – histórias sobre a relação superior em que determinado país se mantém por algum poder sobrenatural.

Espero que nós, professores de filosofia, possamos achar um modo de evitar as três tentações: o desejo revolucionário de ver uma filosofia como um agente de mudanças, e não como um agente de reconciliação; o desejo escolástico de refugiar-se no interior de fronteiras disciplinares; e o desejo chauvinista. Parece-me que podemos proceder assim se adotarmos a noção de Dewey sobre nosso trabalho como o de reconciliação entre o velho e o novo, e se pensarmos nossa função profissional como a de servir como um corretor honesto entre gerações, áreas da atividade cultural e entre tradições. Contudo, esse tipo de atividade reconciliadora não pode ser levada a cabo à maneira do que Lévi-Strauss outrora ironicamente chamou de 'cosmopolitismo-Unesco', o tipo de cosmopolitismo que está satisfeito com o *status quo* e o defende em nome da diversidade cultural. Esse cosmopolitismo foi, quando da fundação da Unesco na década de 1940, prudente e respeitosamente silencioso sobre o stalinismo; hoje em dia ele se mantém prudente e respeitosamente silencioso sobre o fundamentalismo religioso e sobre a autocracia manchada de sangue que ainda governa muitos países. A mais desprezível forma desse cosmopolitismo é o tipo que explica que os direitos humanos servem muito bem para as culturas eurocêntricas, mas que uma polícia secreta eficiente, com juízes, professores e jornalistas predispostos à subserviência, além de guardas de prisão e torturadores, é o melhor conjunto para as necessidades de outras culturas.

A alternativa para essa espúria e decepcionante espécie de cosmopolitismo é ter uma imagem clara de um tipo de futuro cosmopolita humano: a imagem de uma democracia que se amplia em escala planetária, uma sociedade na qual a tortura ou o fechamento de uma universidade ou de um jornal do outro lado do mundo é o mesmo que em nossa casa. Esse cosmopolitismo pode ser, em questões não-políticas, tão multicultural e heterogêneo como sempre. Mas, nesse futuro utópico, as tradições culturais terão cessado de influenciar as decisões políticas. Na política, haverá somente uma tradição: aquela da constante vigilância contra as previsíveis tentativas dos ricos e fortes de tirar vantagem dos pobres e fracos. A tradição cultural nunca permitirá desconsiderar o 'princípio de diferença' de Rawls, nunca permitirá qualquer desculpa pela desigualdade de oportunidades.

Se essa utopia vier a ocorrer, nós, filósofos, provavelmente teremos um papel marginal, menor, porém útil em sua criação. Pois, como Tomás de Aquino faz a mediação entre o Velho Testamento e Aristóteles, Kant entre o Novo Testamento e Newton, Bergson e Dewey entre Platão e Darwin, Gandhi e Nehru entre a linguagem de Locke e Mill e a do Bhagavad Gita, alguém deverá fazer a mediação entre a linguagem igualitarista desse tipo de política e a linguagem explicitamente não-igualitarista de muitas tradições culturais diferentes. Alguém terá de tecer o igualitarismo político, suave e pacientemente, na linguagem da tradição que insiste na distinção entre os poucos racionais ou inspirados e os muitos desordenados ou confusos. Alguém terá de nos persuadir a modificar nossos hábitos de basear decisões políticas na diferença entre pessoas como nós, seres humanos paradigmáticos, e os tais casos dúbios de humanidade, como estrangeiros, infiéis, mulheres, homossexuais, mestiços e deformados ou aleijados. Essas distinções estão construídas em nossa tradição cultural e, portanto, em nosso vocabulário de deliberação moral, mas a utopia não chegará até que as pessoas do mundo se convençam de que essas distinções não têm muita importância.

Essa persuasão será gradual, suave, a varejo, e não revolucionária nem por atacado. No entanto, essa persuasão gradual e suave é possível. Pois ainda que a democracia de massa seja uma invenção européia, a idéia da utopia democrática encontra ressonância em todo lugar. Dentro de cada tradição cultural há histórias de muitos que viram mais longe do que o sábio, histórias da crueldade sancionada pela tradição dos de cima cedendo para o senso de injustiça sentida pelos de baixo. Dentro dessas tradições, há histórias de êxito de casamentos entre grupos menosprezados, de superação de ódios antigos pela paciência e civilidade. Toda cultura, não importa quão provinciana possa ser, possui material que pode ser tecido em imagens de uma comunidade política democrática planetária.

É uma autocontradição pensar na democracia imposta pela força em vez de pela persuasão, pensar em forçar homens e mulheres a ser livres. Mas não é uma autocontradição pensar em persuadi-los a ser livres. Se nós, filósofos, ainda temos uma função, ela diz respeito apenas a esse tipo de persuasão. Há muito tempo, quando pensávamos mais na eternidade e menos no futuro do que hoje, nós, filósofos, nos definíamos como servos da verdade. Mas, recentemente, temos falado menos sobre a verdade e mais sobre honestidade, menos sobre trazer a verdade ao poder do que sobre manter o poder honesto. Penso que isso é uma mudança sadia. A verdade é eterna e resistente, mas é difícil estar certo se é você quem a possui. A honestidade, tal como a liberdade, é temporal, contingente e frágil. Mas podemos reconhecê-las quando a temos. De fato, a liberdade que prezamos é a de ser honestos com outros, e não de ser punidos por isso. Em um mundo intelectual completamente temporalizado, em um mundo no qual a esperança por certeza e imutabilidade desapareceram, nós, filósofos, nos definimos como servos desse tipo de liberdade, como servos da democracia.

Imaginar-nos desse modo evitaria o risco de escolasticismo, de vanguardismo e de chauvinismo. Seria concordar com Dewey em que a "filosofia só pode proferir hipóteses, e que essas só têm valor na medida em que tornam a mente dos homens mais sensível à vida em relação a eles"[3]. Em um mundo intelectual completamente temporalizado, contribuir para tal sensibilidade seria um objetivo tão respeitável para uma disciplina acadêmica como contribuir para o conhecimento.

---

3. John Dewey, op. cit., pp. 91-2.